LA FOURMI,

Productions de l'été pour nos récréations de l'hiver.

RECUEIL LYRIQUE,

DÉDIÉ AUX

SOCIÉTÉS CHANTANTES

(Extra-Murès)

VAUGIRARD,

BARRIÈRE DE SÈVRES.

1842

LA FOURMI.

PREMIÈRE ANNÉE.

Imp. de J. DELACOUR, rue de Sèvres, 94, A VAUGIRARD.

LA FOURMI,

Productions de l'été pour nos récréations de l'hiver.

RECUEIL LYRIQUE,

DÉDIÉ AUX

SOCIÉTÉS CHANTANTES

(Extra-Muros)

Les principaux éditeurs :

RICHEFEU, JURQUET.

1841—1842

Indulge veniam pueris.

JUVENALIS, sat. VIII, vers. 167.

LA FOURMI,

PRODUCTIONS DE L'ÉTÉ POUR NOS RÉCRÉATIONS DE L'HIVER.

RÉSIGNATION.

Air : Zon, zon, zon, vive la folie !

REFRAIN.

Au printemps : vive la coudrette!
En hiver : vivent nos foyers!
Que bon feu, bon vin et grisette
Nous raniment, gais chansonniers.
En avant, chantons,
Buvons
Et caressons
vieux flacons,
Jeunes fillettes ;
Aux temps des frimats, aux glaçons
Opposons
Bon feu, vin et chansonnettes.
Au printemps, etc.

Au printemps la belle nature } *bis*
De plaisir fait bondir nos cœurs, }
Cet hiver nos accens vainqueurs
Nous feront braver la froidure.

S'il nous manque à présent,
Un soleil bienfaisant,
Chauffons notre chambrette.
Au printemps : vive la coudrette !
En hiver, etc.

Que de désirs à satisfaire
Qu'au printemps nous satisfaisons,
L'hiver si, grâce à nos frissons,
L'amour, hélas ! ne peut se faire,
Eh bien ! nous chanterons
Et nous raconterons
Nos plaisirs de l'herbette.

Au printemps : vive la coudrette !
En hiver, etc.

Au printemps on disait : « Fannie
A commis au bois quelqu'écart. »
Voyant son candide regard
Je criais à la calomnie.
Mais cet hiver rions,
Car, Hélas ! nous voyons
Sa taille rondelette.

Au printemps : vive la coudrette !
En hiver, etc.

Au printemps notre ami Grégoire
D'un cep admirant les bourgeons,
Disait : « Pour cet hiver gageons
Que nous aurons beaucoup à boire. »

Pour lui que de douceurs!
L'hiver et ses rigueurs
Ont vieilli sa buvette.

Au printemps : vive la coudrette!
En hiver, etc.

Au printemps, notre essain folâtre
N'oubliait pas sur le chemin
Le pauvre qui tendait la main,
Qui cet hiver n'a rien à l'âtre.
Mais, toujours généreux,
A chaque malheureux
Donnons une buchette.

Au printemps : vive la coudrette!
En hiver, etc.

Des saisons régénératrices
Si nous gardons le souvenir :
Nous espérons, à l'avenir,
D'en goûter encor les prémices.
Avant un autre hiver,
Ira, sur le pré vert,
Notre troupe follette.

Au printemps : vive la coudrette!
En hiver, vivent nos foyers!
Que bon feu, bon vin et grisette
Nous raniment, gais chansonniers.
En avant, chantons,

Buvons
Et caressons
Vieux flacons,
Jeunes fillettes;
Au temps des frimats, aux glaçons
Opposons
Bon feu, vin et chansonnettes.
Au printemps, etc.

J. Richefeu.

CHANSON

dédiée aux Amis de la Sagesse.

Air : Vite à la noce ! (de Béranger).

REFRAIN.

De la sagesse (*bis*)
Suivons, amis, les préceptes si doux,
Avec ivresse,
Avec tendresse,
Minerve, alors, veillera parmi nous.

Pour embellir le chemin de la vie,
Que nos plaisirs y sèment quelques fleurs ;
Mais, fuyons tous les regards de l'envie.
Souvent, hélas ! elle cause nos pleurs.
De la sagesse, etc.

Le grand excès du doux jus de la treille,
Amis, souvent, fait perdre la raison :

Contentons-nous d'une simple bouteille,
La tempérance est toujours de saison.
De la sagesse, etc.

Donnons essor à la philosophie.
Comme Solon, soyons toujours prudents ;
Sur l'avenir est bien fou qui se fie.
Avec raison narguons la faulx du temps.
De la sagesse, etc.

Si, parmi nous, la discorde se mêle,
Et veut parfois nous trouver en défaut,
Invoquons tous la douce philomèle.
Mais pour cela, mes amis, il nous faut :
De la sagesse, ete.

Si quelquefois un pédant hypocrite
Venait troubler notre sécurité,
Ah ! disons-lui tout comme Démocrite :
Rentre, cagot, dans ton obscurité.
De la Sagesse, etc.

Miroir en main, à la cour à la ville,
Sachons toujours dire la vérité.
Du courtisan, peignons l'âme servile,
Mais, ne blâmons jamais l'autorité.
De la sagesse, etc.

Pour éviter la piquante satire,
Pour apaiser la fureur des méchants ;

Pour posséder le pouvoir de tout dire,
Mêlez, amis, votre voix à mes chants.
De la sagesse, etc.

Pour que la paix, l'union, la concorde,
Puissent sans cesse habiter en ces lieux,
N'oublions pas, mes amis, cette exorde :
Etre indulgent, c'est être généreux.
De la sagesse, etc.

Docte Apollon, de ton céleste empire,
Inspire-moi par tes sons enchanteurs,
Enivre-moi des accords de ta lyre,
Que mes accens fassent vibrer les cœurs.
De la sagesse, etc.

Lorsqu'il faudra regagner sa demeure,
Quand à l'horloge il sonnera minuit,
Sachons toujours, à cette dernière heure,
Avec respect, nous retirer sans bruit.
De la sagesse, etc.

P. Jurquet.

La dot.

Réflexion tardive.

Elle m'apporte en mariage
Près de cinquante mille francs.
Mais elle est coquette et volage :
Serais-je riche bien long temps ?

J. Richefeu.

LA CHANDELLE.

Air : Les oiseaux que l'hiver exile (Béranger).

Ah ! que vois-je sur la fenêtre
De mon réduit aux murs déserts ?
Une chandelle.... Elle fait naître
En moi des souvenirs bien chers.
Que d'amis à sa lueur frêle
Venaient chez moi se réjouir !
Ah ! merci, petite chandelle,
Tu m'offres un doux souvenir.

Je m'en souviens, oui, ta fumée
Servit à tracer un beau nom.
Du Temps la faulx s'est élimée,
Il est intact au vieux plafond.
C'est le nom d'un ami fidèle
Qu'un soir au mien je vis s'unir.
Ah ! merci, petite chandelle,
Tu m'offres un doux souvenir.

Attends-donc.... Mais rose, si fière,
Rose, repoussait mon espoir,
Lorsque j'implorai sa lumière,
En frappant à sa porte un soir.
Grâce à toi, l'aimable rebelle
Ne put s'empêcher de m'ouvrir.
Ah ! merci, petite chandelle,
Tu m'offres un doux souvenir.

Mais Rose, à l'amour qui m'enflamme,
S'oppose, pleure et se débat ;
Je triomphe, et ta blanche flamme
S'éteint dans cet heureux combat.
Que de soirs en m'approchant d'elle
J'ai vu l'obscurité venir.
Ah ! merci, petite chandelle,
Tu m'offres un doux souvenir.

Dédaignant cet état tranquille,
Un jour l'or éblouit mes yeux,
Et je reviens dans cet asile
Plus pauvre, mais aussi joyeux.
La fortune étant infidèle,
Je sais qu'ici l'on peut jouir,
Ah ! merci, petite chandelle,
Tu m'offres un doux souvenir.

J. Richefeu.

LE PETIT-FILS DU PÈRE LENCRIER.

Air : Ah ! qu'il est donc beau Giroux.

REFRAIN.

Oui, j'voulons me marier,
J'voulons propager ma race,
J'voulons marcher sur la trace
De mon grand-pèr' Lencrier.

L'hyménée a des appas
Pour un cœur sensible et tendre,

Moi, sur lui, je vais m'étendre,
En m'avançant pas à pas.
Oui etc.

Ecoutes-bien ma leçon,
Me dit un jour mon grand-père,
Le sort te sera prospère
Si tu ne restes garçon.
Oui, etc.

Mais, il faudrait que toujours
Ma femme me soit fidèle,
Car si je faisais fi d'elle,
La tapette aurait son cours.
Oui, etc.

Si ma femme a des enfans,
Ils seront comme leur père,
Ils propageront, j'espère,
Avant l'âge de quinze ans.
Oui, etc.

Je voudrais tous les neuf mois
Avoir un marmot pour gage,
Oh ! j'en ai l'heureux présage
D'en avoir deux à la fois.
Oui, etc.

Pour moi, quel joyeux moment
D'entendre piailler mes mioches,

Imitant le son des cloches
Le jour d'un enterrement.
Oui, etc.

En mari très-éclairé,
Lorsqu'elle serait en couche,
Je bassinerais sa couche
Et boirais son vin sucré.
Oui, etc.

Le soir, si je rentre tard,
Pour ménager la chandelle,[1]
Je veux, en m'approchant d'elle,
Faire oublier mon retard.
Oui, etc.

Mais, ne soyez point surpris,
Sous mon faible toit de chaume
Je veux peupler le royaume
De tous les plus beaux esprits.
Oui, etc.

Dans un accès douloureux,
Si jamais ma femme expire,
J'entonnerais sur ma lyre
Ces mots d'un ton langoureux ;
Oui, etc.

P. JURQUET.

LA JEUNE MARIÉE.

Air : Oui je t'aime d'amour (Bretagne).

—

Adieu tranquille paix, bonheur de l'innocence,
Et vous plaisirs naïfs, ah ! sans regret adieu !
D'un époux adoré je comble l'espérance,
D'être à lui pour toujours j'ai juré devant Dieu.
Tout l'amour de mon âme
Pénêtrera son cœur,
Où sa subtile flamme
Portera le bonheur.

Si l'hymen a des chaînes
Où sont parfois des pleurs,
Mon amour à ses peines
Mêlera mille fleurs.

Hélas ! sachez-le bien, vous, mes jeunes amies,
Cet hymen pour toujours m'éloignera de vous,
Et lorsqu'au bal encor vous irez embellies,
Mon amour veillera près du plus tendre époux.
Quel bonheur ! si d'un voile
L'ennui couvrait ses yeux,
D'être pour lui l'étoile
Qui brille dans les cieux.

Si l'hymen, etc.

Et toi, ma bonne mère, arrête au moins tes larmes,
Jette sur cet hymen des regards triomphans.
Pourquoi sur l'avenir avoir quelques alarmes,
Quand le bonheur jaillit des yeux de tes enfans.
Quand le ciel au rivage
Promet des jours heureux,
S'il survient quelqu'orage :
Ne serons-nous pas deux ?
Si l'hymen, etc.

J. Richefeu.

Les louanges
DU PETIT POT.

Air : Des vendangeurs (Caille).

REFRAIN.

Joyeux suppots,
Par de bons mots,
Et des chants d'allégresse,
Sans cesse,
Payons notre impot,
Fêtons le petit Pot.

Avec respect,
A son aspect,
Portons la tête nue,
Honneur à lui,

Son jour a lui,
Que chacun s'évertue !
Joyeux, etc.

Fêtons-le, car
De son nectar
La liqueur bienfaisante
Saura, parfois,
Rendre nos voix
D'une beauté puissante.
Joyeux, etc

Qu'un érudit,
Très en crédit,
Nous prêche l'abstinence,
A ce vaurien,
Sot logicien,
Prouvons notre indulgence.
Joyeux, etc.

Accourez voir
Tout le pouvoir
Qu'en son sein il possède,
Lui qui rendit,
Sans contredit,
L'amour à Ganimède.
Joyeux, etc.

Je ne peux pas
De ses appas
Faire un récit fidèle,
Pour son portrait
Il me faudrait
Le fin pinceau d'Appelle.
Joyeux, etc.

A le chanter,
A le vanter,
Si j'échauffe ma verve,
C'est qu'autrefois,
Plus d'une fois,
Il enivra Minerve.
Joyeux, etc.

Venez auteurs,
Prédicateurs,
Que le désir enflamme ;
Accourez tous,
Sages et fous,
Fortifier votre ame.
Joyeux, etc.

P. JURQUET.

LA FÈVE.

Air : Hélas ! on ne trouve guère, etc.

Béni soit ! dans notre vie
L'objet qui nous réunit....
Une fève nous convie,
Et notre amitié sourit.
Pour la fêter, que s'élève
Notre harmonieuse voix,
Et chantons : Vive la Fève,
La Fève du jour des Rois.

Elle a créé, quelle gloire !
Un souverain parmi nous.
Il nous commande de boire
A la santé de nous tous.
Cet empire est un beau rêve,
Qui l'an ne vient qu'une fois,
Ah ! chantons : Vive la Fève,
La Fève du jour des Rois.

Aimons notre aimable reine,
Parmi nous Sa Majesté
Était déjà souveraine
Par les droits de la beauté.

Et quand son regard achève
De nos cœurs les doux émois....
Ah! chantons : Vive la Fève,
La Fève du jour des Rois.

Au gâteau que la nature
Abandonne à nos désirs,
Tirons pour notre pâture
La fève des doux plaisirs.
Craignons qu'un chagrin n'enlève
Le morceau de notre choix,
Et chantons : Vive la Fève,
La Fève du jour des Rois.

Ah ! de ce jour délectable,
Amis fêtons les instants,
Fêtons ce qu'on fête à table,
Car à ce doux passe-temps
Demain viendra faire trêve.
Ah! narguons ce vieux sournois,
En chantant : Vive la Fève,
La Fève du jour des Rois.

J. Richefeu.

LE JOUR DES ROIS.

Air : Y à coups d'pieds, y à coups d'poings.

Joyeux lurons, gentils minois,
Pour bien fêter le jour des Rois :
Suivons l'exemple de nos pères ;
Et sans nous creuser le cerveau,
Sablons le vin vieux ou nouveau
    A la santé
    De Notre Majesté.
Vidons et remplissons nos verres.

Lorsque de la Fève on est Roi,
N'ayons surtout aucun effroi :
Suivons l'exemple de nos pères.
Puisqu'alors nous pouvons choisir
La Reine qui nous fait plaisir.
    A la santé, etc.

Pour notre Reine, oh ! mes amis,
Soyons galants, soyons soumis :
Suivons l'exemple de nos pères ;
Et pour que son royal amour
S'épenche sur nous en ce jour.
    A la santé, etc.

Ne formons point de vains projets :
Ne sommes-nous pas ses sujets?
Suivons l'exemple de nos pères.
Loin les propos séditieux,
Ensemble répétons comme eux :
A la santé, etc.

Dans le voile de l'Avenir,
Serrons les mailles du plaisir :
Suivons l'exemple de nos pères.
En imitant ces francs lurons
Dans cinquante ans tous nous boirons,
A la santé, etc.

Si notre Roi bannit l'impot,
Alors, amis du Petit Pot,
Suivons l'exemple de nos pères:
De peur que ce roi jovial
En buvant bien se porte mal;
A la santé
De Notre Majesté,
Vidons et remplissons nos verres.

P. Jurquet.

UN NOUVEAU GRÉGOIRE.

Air : De Mazagran (Arago),

Vive un buveur! lui seul sait toujours boire.
Buvons, amis, et nous serons prudents.
Le fier guerrier se lasse de la gloire.
L'amant faiblit après des feux ardents.
L'envieux abandonne
Les sombres trajets
De ses vains projets.
Grégoire, à sa couronne,
Voit-il un raisin :
Il boira du vin.
Vive un buveur! lui seul sait toujours boire.
Buvons, amis, et nous serons prudents. (*bis*)

Au franc buveur que fait une infidèle?
Dans le tonneau n'a-t-il pas ses amours?
A lui qu'importe une beauté rebelle,
Quand le bon vin se laisse aimer toujours!
Vos tourments et vos peines,
Petits amoureux,
Vous font malheureux.
Gémissez sur vos chaînes :
Grégoire, en gaîté,
Boit en liberté.
Au franc buveur que fait une infidèle?
Dans le tonneau n'a-t-il pas ses amours?

Vils intrigans que le pouvoir allèche,
Courbez le torse en trahissant vos rois;
Écrasez-vous sur l'infernale brêche,
En exploitant nos deniers et nos droits.
Une grappe est si belle!
Quand son grain vermeil
Rougit au soleil.
Et Grégoire a pour elle
Plus que pour les grands
Vous n'avez d'encens....
Vils intrigans que le pouvoir allèche,
Courbez le torse en trahissant vos rois.

Où courez-vous? héros, foudre de guerre!
Voyez Grégoire : il boit, il est heureux.
Quel est le prix, grands fléaux de la terre,
Qui vous revient de vos dégats affreux.
Sur un banc d'herbe tendre,
Buvant à longs traits,
Grégoire est en paix.
Au superbe Alexandre,
Que sert l'univers,
Brisé sous ses fers!
Où courez-vous? héros, foudres de guerre!
Voyez Grégoire : il boit, il est heureux.

Lorsque des dieux se déchaîne la rage :
Si, dans ce temps, où tout s'émeut et craint,

Grégoire a peur.... C'est qu'il voit dans l'orage
Une eau qui peut se mêler à son vin.
A cette heure suprême
Son grand cœur frémit,
Sa trogne pâlit,
Et dans son trouble extrême
Il adresse aux dieux
Des serments, des vœux....
Grégoire a peur.... C'est qu'il voit dans l'orage
Une eau qui peut se mêler à son vin.

J. Richefeu.

Oppertus potator.

A quelle heure il faudra vous éveiller?
Disait Jacques un jour, à son ami Grégoire :
« — L'orsque je suis à sommeiller,
« L'heure où l'on vient me réveiller
« Est celle où j'ai besoin de boire.

P. Jurquet.

LA SAGESSE.

Air de la cave des fidèles.

Refrain.

De ces lieux
Banissons la tristesse
En sablant le nectar des dieux ,
Allons, amis de la Sagesse ,
Amis de la Sagesse,
Que tous nos fronts (*bis*) soient radieux.

—

Si la froide mélancolie
Venait s'emparer de nos sens,
Que les grelots de la folie
Redisent ces joyeux accens.
De ces lieux, etc.

Pour être heureux dans cette vie,
Sachons borner notre désir.
Moi, le seul bonheur que j'envie
Est de pouvoir boire à loisir.
De ces lieux, etc.

Lorsque trahis par une belle,
Souvent nous cherchons le trépas.
Pour se venger de l'infidèle
Le vin a pour nous tant d'appas !
De ces lieux, etc.

Quand une branche est détachée,
Bientôt elle perd sa fraicheur,
Quand la racine est dessèchée
En vain l'on arrose la fleur.
De ces lieux, etc.

On dit partout que, sans richesse,
Les autres biens sont superflus.
Comme si Dieu, dans sa sagesse,
Avait fait pour nous les écus !
De ces lieux, etc.

Quand le feu du désir nous brûle,
Hélas ! on vieillit chaque jour.
Ne trouvons pas un vain scrupule
Aux lois que nous prescrit l'amour.
De ces lieux; etc.

Laissons les rois faire la guerre
Et décimer les nations :
Moi, je ne m'inquiète guère
De leurs *mortifications*.
De ces lieux, etc.

Quand l'âge aura blanchi nos têtes :
Prèts de partir aux sombres bords,
Sur la liste de nos conquêtes
Surtout n'ayons aucun remords.
De ces lieux, etc.

P. Jurquet.

CONSEILS.

Air : Rendez-moi ma patrie, etc.

La corolle animée
Sort du calice vert ;
Sur la fleur embaumée
L'Envie à l'œil ouvert.
Le Désir qui pétille
La couve avec ardeur....
Ah! prends garde ma fille
A ta naissante fleur,

A peine en la vallée
Son doux parfum s'épand,
Qu'une cohorte ailée
Autour d'elle se rend.
La volage famille
Montre un dard destructeur....
Ah ! prends garde, etc.

A son beaume ineffable
Vole l'insecte d'or,
Sa trompe redoutable
Puise et repuise encor,
La fleur qu'elle écarquille
Bientôt perd sa fraîcheur....
Ah ! prends garde, etc.

Au matin fraîche et belle,
Elle se fane au soir.
Et la troupe infidèle
Ne viendra plus la voir.
Le papillon qui brille
N'a regret ni douleur....
Ah ! prends garde ma fille
A ta naissante fleur.

J. Richefeu.

LE CHICANDARD.

Air : Je suis Français, mon pays avant tout.

C'est aujourd'hui que l'*conjungo* t'enchaîne,
Mon bon Gaspard, et j'te l'dis sans façon,
Dans ton habit, ton maintien, ta dégaîne,
Tu peux t'vanter qu'il n'y a pas d'affront,
T'es comme un lustre, aujourd'hui, mon garçon.
C'pantalon blanc, que jadis j'ai vu jaune,
Ce fin coup d' brosse à ton vieux Bolivard,
Tout, et c't habit à queu' d'moru' d'une aune,
C'est *déico, chichico cocandard.*

Ta chèr' fiancé' à ben raison d'êtr' fière,
Al est superbe et s'tient droit comme un col,

Al a la rob' qu'à la vieille mercière
Est allé vendr' à notr' bon ami Licol,
Lorsque sa femme est délogé' du sol,
Puis c'beau bonnet, qu'une seul' déchirure
Endommagea l'jour qu't'étais si pochard,
Tout ça, mon cher, ça me plait, et j'te l'jure,
C'est *déico, chichico cocandard*,

Sans que je croi' que c'est parc'que j'te flatte,
A ton repas tu m'invite en ami,
Dieu! quel dindon!.. A l'ergot de sa patte
J' devin' qu'son corps n'est pas mince à demi,
Qu'même en bass'-cour il fut long-temps nourri,
Puis, c'gros gigot qu'au feu la cuisinière
A laissé p't-être un p'tit instant trop tard,
Et c'bon rognon d'un veau mort sous sa mère,
C'est *déico, chichico cocandard.*

C'est d'la bombance, tout ça mon vieux sans doute;
Mais c'est l'pivois qui n'faut pas mépriser,
C'est chouette, et j'dis que j'n'y mettrons pas goutte
De cette eau fad' qui pourrait l'affaisser,
Non, l'*tripotin* l'a d'jà trop baptisé.
J'aim' ce p'tit vin qui vous fait fair' des grimes,
Qui fait qu'tout d'même on rentr' soûl dans l'*bocard*
Et ça ne coût', combien? que trent' centimes,
C'est *déico, chichico cocandard.*

A ta santé... puis faisons-nous des bosses,
Fourons-nous-en, à ce copieux gala,
Si queq' malin v'nait troubler l'jour d'tes noces,
Tu sais qu' Boidrud' fut de tout temps bon là,
Et que d'vant lui toujours on recula.
C'est qu' vois-tu, j' sais qu' dans la même assistance
Ton amitié ne s'rais pas en retard.
Quand un ami vient dans la circonstance,
C'est *déico, chichico cocandard.*

J. Richefeu.

ENVOI.

—

O vous ! qui des auteurs voulez grossir la liste,
Soyez poète autant que pointilleux puriste,
Gardez vous d'opprimer le faible en son projet :
Sur vos fautes jadis on garda le secret.

P. Jurquet.

UN DERNIER ORGUEIL.

Air : O! vieux Denis, etc. (Béranger).

Je vais mourir. .. ô vanité des hommes !
Que deviens-tu dans ce cruel instant ?
Vains, orgueilleux, aveugles que nous sommes,
De ne pas voir l'Oubli qui nous attend.
Oh ! si mon fils, dont j'admire la vie,
Pouvait du moins pleurer sur mon cercueil ;
Oui, toi, si pur d'égoisme et d'envie,
Viens, mon enfant, toi, mon dernier orgueil.

O Dieu, ! mon fils (en mourant je l'atteste),
Qu'il est sublime en son humilité ;
Combien de fois sa conduite modeste
Me fit rougir de ma vaine fierté.
Bravant le riche en sa morgue tranchante.
J'eus pour le pauvre un arrogant accueil,
Ta voix, pour eux, est ferme mais touchante.
Viens, mon enfant, toi mon dernier orgueil.

A Friedland, où j'eus la croix des braves,
L'orgueil moussait dans mon cœur glorieux,
En Algérie, où sont autant d'entraves,
Mon fils, vainqueur, est tout au plus joyeux.
De ses hauts-faits, notre France charmée
Vient, malgré lui, d'ennoblir son recueil.
Tu voulais fuir, toi, cette renommée ?...
Viens, mon enfant, toi mon dernier orgueil.

Oh ! si dans vous l'orgueil agit en maître,
Hommes, sachez affaiblir ses fureurs ;
Que d'ennemis, hélas ! il nous fait naître,
Que de remords, de regrets et de pleurs !
De l'amitié qu'on désire d'un frère,
L'orgueil souvent devient l'unique écueil,
Toi, qui de tous, reçois l'amour sincère,
Viens, mon enfant, toi mon dernier orgueil.

Je meurs, ô mort ! implacable furie !
Tu n'attends pas qu'un fils ferme mes yeux.
Ciel ! quels sanglots et quelle voix chérie
Font battre encor mon sang beaucoup trop vieux !...
Pleures, enfant, pour toi, dont l'ame est pure,
La mort d'un père est sans doute un grand deuil....
Mais j'obéis aux lois de la nature.
Adieu, mon fils, toi mon dernier orgueil.

J. Richefeu.

FATALE MÉPRISE.

Oh ! fatal quiproquo, qui me déchire l'ame !
Fort bien ! Vous l'avez fait sans le vouloir, ma femme,
Vous êtes innocente !!! et j'en suis convaincu.
Mais, malgré ces raisons, en suis-je moins ....?

 P. Jurquet.

BALAYEZ-MOI ÇA.

Air : Ça vous va-t y ben, etc.

J' peux faire un vers, mais oui-da ;
J' peux même en faire un deuxième.
Ah ! comm' ça file déjà !
Me voici dans l' quatrième.
Le numéro cinq à peine est pondu
Qu'un autre soudain le pouss' par le.... dos.
Après celui-ci j'attrap'rai l'huitième,
Et si j' suis trop bêt' pour aller au-d'là :
Balayez-moi çà, balayez-moi çà,
Balayez-moi çà, balayez-moi çà.

Etes-vous l'heureux époux
D'une femme aimable et belle,
On voit arriver chez vous
Les galants par ribambelle.
Pour vous on n' f'ra point une chose à dm'i,
C'est à qui s' dira votr' sincère ami,
Et vous recevez, en mari modèle,
Pour de bon argent c'te fauss' monnai'-là !.....
Balayez-moi çà ! (*bis 4 fois*).

— « C' n'est pas assez d' rentrer tard,
« Te v'là plein jusqu'à la goule. »
Au lieu d' répondre, l'pochard
Lache un énorme *croqu' poule*.
Voyant c' quadrupèd', son épouse, alors,
De rage et d' fureur double ses transports,
« Silence, (dit l' soulard) ou j' tapp' sur la boule,
« Fait's-donc votr' servic', madam' Rebecca :
« Balayez-moi çà. »

J'vois un essaim d' freluquets
Vous trouver fraiche et gentille ;
C'est à qui, d' ses gringalets,
S' faufil'ra dans la famille.
Mais en roucoulant leur amour plaintif,
Aucun d' ces pédants n' parl' du bon motif,
Arrêtons les frais, car près d' moi, ma fille,
Ce n'est pas ainsi qu' fit votre papa :
Balayez-moi çà.

Eh quoi ! serez-vous toujours
Peiné d' la mort de votr' dame !
On a jamais vu huit jours,
Un mari pleurer sa femme.
Si ça continu, voisin, entre nous,
Vous allez maigrir comm' un d'mi cent d' clous,

— Hélas ! qu' voulez-vous, j'ai l' chagrin dans l'ame...
— Le chagrin, bon Dieu ! Quelle est c'te bêt' là ?
Balayez-moi çà.

Plus de chants, de gais glouglous,
Dieu ! quelle métamorphose !
J' m'aperçois bien, voyez-vous,
Qu' vous en t'nez pour la p'tit' Rose.
Tout le long du jour, et soir et matin,
J'vous vois soupirer... Pour tout dire, enfin...
Vous avez, ma foi l'air d'un fameux chose,
Depuis qu' dans votr' cœur l'amour se glissa.
Balayez-moi çà.

A L'AUTEUR.

En barbouillant du papier,
De par ta muse bouffie,
Tu te crois un chansonnier
Plein de verve et de génie.
Tout en mariant la rose au crotin,
Tu nous fais rimer soir avec matin,
Puis, on applaudit ton œuvre amphibie,
Alors que tout bas on dit : Pua ! caca !!!
Balayez-moi çà, balayez-moi çà,
Balayez-moi çà, balayez-moi çà.

J. Barré.

PROVENCE.

Air de la Bretonne.

Adieu terre adorée
Où le soleil en feu,
Comme une croix dorée
Brille sur un ciel bleu ;
Sol où la Providence
Prodigua ses amours ;
Adieu belle Provence,
Berceau de mes beaux jours.

Sur la verte prairie
Qu'émaillent mille fleurs,
Je n'irai plus, jolie,
Me perdre à leurs couleurs.
Que de fois ma présence
Attirait les amours !
Adieu belle Provence,
Berceau de mes beaux jours.

La gloire qui m'inspire
M'appelle en ses cités,

Et veut que sur ma lyre
Je chante tes beautés.
Au sein de la science
Je dirai mes amours.
Adieu belle Provence,
Berceau de mes beaux jours.

Lorsque dans mon ivresse
J'entendrai sous mes doigts
Ma lyre enchanteresse
Accompagner ma voix :
Oh ! si l'indifférence
Accueillait mes amours,
Je reviendrais, Provence,
Berceau de mes beaux jours.

J. RICHEFEU.

GASCONNADE.

Comme le monde à nous tromper s'escrime !!!
Le pauvre nous dit : J'ai du bien !
Et le riche dit : Je n'ai rien !
Moi, *Cadédis !* Je n'ai pas un centime.

J. RICHEFEU.

LA JEUNE MARIÉE
A SON ÉPOUX.

Couplets de noce.

DÉDIÉS A MON AMI LEFÈVRE.

Air : Depuis long-temps j'aimais Adèle.

Ah ! si d'un air d'indifférence
Jadis tu vis mes premiers feux,
C'est que, ma pudeur, en silence,
Etouffa mes premiers aveux.
Non, tu ne dus pas les entendre ;
Mais, mon cher époux en ce jour,
Je suis heureuse de t'apprendre
Combien alors je te cachais d'amour !
Combien alors (*bis*) je te cachais d'amou

Oh ! que j'aime à penser encore
A ce temps, à cet heureux temps,
Où ton aspect a fait éclore
En moi de si doux sentiments.
Mais, tu me paraissais si tendre !
Que mon cher époux, en ce jour,
Je suis heureuse de t'apprendre
Combien alors je te cachais d'amour !
Combien alors (*bis*) je te cachais d'amour !

Alors que, pendant ton absence,
Sur tous les objets, tour à tour,
L'on me retraçait ta présence,
Ou l'on m'annonçait ton retour.
J'avais bien peu l'air de t'attendre
Mais, mon cher époux, en ce jour
Je suis heureuse de t'apprendre
Combien alors je te cachais d'amour !
Combien alors (*bis*) je te cachais d'amour !

Quand, après l'aveu de ma mère,
Ta bouche, alors, pressait ma main,
Tout bas tu me disais : Ma chère,
Est-ce un baiser? est-ce un larçin ?
Je feignais de ne pas comprendre,
Mais, mon cher époux, en ce jour,
Je suis heureuse de t'apprendre
Combien alors je te cachais d'amour !
Combien alors (*bis*) je te cachais d'amour !

P. Jurquet.

RÉPONSE

DU JEUNE MARIÉ A SON ÉPOUSE.

Même air.

Jamais d'une chaîne aussi belle
On me verra briser les nœuds.
Aimé d'une épouse fidèle,
On ne peut être plus heureux.
Quelque légère jalousie,
Parfois peut allumer mon cœur ;
Mais il est permis dans la vie
D'être toujours jaloux de son bonheur,
D'être toujours (*bis*) jaloux de son bonheur.

Dans tes beaux yeux, mon Angélique,
L'on voit étinceler l'amour ;
Quand tu souris, ta bouche unique
Semble m'inviter au retour.
Quelque légère jalousie
Parfois peut allumer mon cœur ;
Mais il est permis dans la vie
D'être toujours jaloux de son bonheur,
D'être toujours (*bis*) jaloux de son bonheur.

Si parfois, ô ! ma bien-aimée,
Tu lèves les yeux vers le ciel,
Je vois sous la voûte animée
Les dieux te dresser un autel.
Hélas!.... C'est une jalousie
Qui ne fait qu'opprimer mon cœur ;
Mais il est permis dans la vie
D'être toujours jaloux de son bonheur,
D'être toujours (*bis*) jaloux de son bonheur.

Dix-neuf printemps forment mon âge,
Et je sens déjà ma raison
Vieillir à l'aspect du ménage :
Pour moi se change l'horizon.
Quelque légère jalousie
Parfois peut allumer mon cœur ;
Mais il est permis dans la vie
D'être toujours jaloux de son bonheur,
D'être toujours (*bis*) jaloux de son bonheur.

P. Jurquet.

CONTREFAÇON.

Air connu.

REFRAIN.

Allons donc! n'allez pas,
Coquette
Avec ma toilette,
Allons donc! n'allez pas
Parer ainsi vos appas.

—

Aux beaux jours du Carnaval,
La Capitale s'avise
De vouloir singer Venise,
Qu'elle contrefait si mal.
Sous sa mante
Où brillante
Un stylet,
Si la belle
Immortelle
Venait,
A notre ville,
Dans son fier style,
Sans doute elle dirait :

Allons donc! n'allez pas, etc.

Écoutant un vain orgueil,
Lise prit de sa maîtresse,
La robe et l'air de princesse,
Sans se douter de l'écueil.
Mais bientôt le langage
trahit
Lisette qui, de rage,
Pâlit.
Puis, derrière elle,
Plus solennelle,
Une voix s'entendit :
Allons donc ! n'allez pas, etc.

Empruntant un air divin,
La faveur prend l'éloquence,
Et le sceptre et la balance
De Thémis qui crie en vain :
Quoi ! le crime
Légitime
Son tort,
Si d'un coffre
Il offre
Le trésor.
Quoi ! l'innocence
Entre en balance
Avec le poids de l'or !
Allons donc ! n'allez pas, etc.

Faible dans sa volonté,
Et trompé par l'apparence,
L'homme donne à la licence
Le beau nom de liberté :
Celle-ci, noble et belle
Toujours,
Des sciences appèle
Le cours,
A la Vandale,
Qu'elle signale
Elle tient ce discours :
Allons donc, n'allez pas, etc.

L'hiver, saison des douleurs,
Parfois veut, avec la neige,
Imiter le blanc cortége
Que prend la saison des fleurs.
Mais lorsque ses humides
Claçons
S'écoulent en liquides
Festons,
La printanière
Lui dit : Ma chère,
Mes fleurs ont des boutons.
Allons donc, n'allez pas, etc.

Ainsi certains rimailleurs,
Sans faire une chanson nette,
Pillent une chansonnette,
N'ayant pas de rime ailleurs.
Ces pillards, à la frime
D'auteurs,
Sont, parfois, d'une rime
Doteurs.
Écornes muse !
La cornemuse
De tous ces radoteurs.

Allons donc ! n'allez pas, etc.

J. Richefeu.

ÉNIGME. *

Si je vis moins long-temps que mes frères jumeaux
Mon privilège est des plus beaux
Et des plus tendres :
Car je survis à mes cendres.
Mais c'est alors, lecteurs, que vous me haïssez
Et comme je n'ai plus, selon vos vœux pressés,
Ni bal à vous offrir, ni ce bruyant cortège
Où se montre très beau mon compagnon très gras
Vous m'envoyez, ingrats,
Au diable avec la neige
Et les maigres repas.

J. Richefeu.

* Le mot à la fin du volume.

LES BIENFAITS DU PETIT POT.

Air : De la grande orgie (Béranger).

REFRAIN.

Vive le charmant Petit Pot!
Il faut
Boire
A sa gloire.
Chantons chaque bienfait
Parfait,
Que son bon effet
Sur le fait
Fait.

Toujours ici
Le souci
Viendra crier : Merci!
Savez-vous qui le fronde?
Le Petit Pot
Qui là haut.
Avec son air rougeau
Fait rire tout le monde.
Vive le charmant, etc.

Pour faire voir
Gai savoir,
Dimanche et lundi soir,
Chacun veut la parole.
Mais quel ressort
Donne essor
A la gaîté qui sort,
Si ce n'est notre idole?
Vive le charmant, etc.

Pauvres esprits
En débris,
Cerveaux à jamais pris
Par la mélancolie,
Venez chez nous,
Loups-garous,
Le Petit Pot va vous
Combler de sa folie!
Vive le charmant, etc.

En sureté
La beauté
Peut de notre gaîté
Ouïr l'humeur bouffonne,
L'accent courtois
Que la voix
Doit à gentil minois,
Le Petit Pot le donne.
Vive le charmant, etc.

Mais, je suis sot,
Car sitôt
Que notre Petit Pot
Voit la beauté sévère,
Un feu gaillard,
Égrillard,
Est lancé d'un regard
Jusqu'au fond de son verre.
Vive le charmant, etc.

Paul est aimant,
Cet amant
Vit, quel affreux tourment !
Sa maîtresse infidèle,
Mais un refrain
Souverain
Fit, avec le chagrin
Oublier la cruelle.
Vive le charmant etc.

Ta femme, hélas !
Nicolas,
Te prend pour Ménélas.
Tu pleure et tu soupire.
Mais fuis ce noir
Désespoir,

Viens sentir le pouvoir
Du Pot qui nous fait rire.
Vive ce charmant, etc.

Si, par un fort
Mauvais sort,
Nous attaquait la Mort,
Voici la sauvegarde :
Un peu de vin
Du divin
Petit Pot rendra vain
L'effort de la *Camarde*.

Vive le charmant Petit Pot !
Il faut
Boire
A sa gloire,
Chantons chaque bienfait
Parfait
Que son bon effet
Sur le fait
Fait.

J. Richefeu.

LA FLEUR DE LA VIGNE.

Air du parapluie (Boissi).

A vous chanter ici les fleurs,
Ma faible muse se dispose,
Et parmi leurs mille couleurs
J'aurais voulu choisir la rose ;
Mais, fidèle au culte d'un dieu,
Dont je suis un apôtre digne,
Mes amis, je vais en ce lieu, } *bis*
Vous chanter la fleur de la vigne. }

Toi, jeune amant, à ton loisir,
Rêvant aux doux nœuds d'hyménée,
Pour doubler l'attrait du plaisir
Tu rends hommage à la pensée.
La fleur du laurier, au soldat,
Vient offrir un honneur insigne.
Ma couronne, après un combat,
Se compose de fleurs de vigne.

A toi la fleur de l'oranger,
Jeune vierge au si doux sourire,
Ce bouquet que tu sus garder,
Fit toujours chérir ton empire.

Moi, suivant mon premier élan,
Je me tourmente, je m'indigne,
Lorsqu'un orage, un ouragan
Fait couler la fleur de la vigne.

BOUZON.

QUEL HOMME....

Air : Dieu ! que ma maîtresse est jolie !

REFRAIN.

Dieu ! que mon homme est un bel homme !
Un Adonis ! un vrai soleil !
On irait de Paris à Rome
Sans pouvoir trouver son pareil.

Bon pour moi, mon père à sa fille
Vient d'offrir un mari d'amour.
C'est un vrai bijou de famille,
Et je répète chaque jour.
Dieu ! que mon homme, etc.

Dans le réduit où je séjourne,
De lui je conserve un cheveu,

Car c'est un beau blond qui se r'tourne
Chaque fois que l'on crie : Au feu !
Dieu ! que mon homme, etc.

Sachez que la belle nature
Pour son nez ne lui fit pas d' tort,
Car il peut jouter, je vous l' jure,
Avec l'obélisqu' de Luxor.
Dieu ! que mon homme, etc.

Je puis vous donner une ébauche
De son regard adulateur :
Il a deux bons yeux, moins le gauche,
Celui de droit' louche à fair' peur.
Dieu ! que mon homme, etc.

Vraiment, sa bouche est sans pareille,
Et, quoiqu'elle n'ait qu'une dent,
J' crains toujours qu'il s' morde l'oreille,
Quand il me fait un compliment.
Dieu ! que mon homme, etc.

D' sa figure j' suis idolâtre,
Elle est uni' comme un cent d' clous ;
Il ne faudrait qu'une augé' d' plâtre
Pour en reboucher tous les trous.
Dieu ! que mon homme, etc.

Non, ce n'est pas que je le flatte,
Ses épaules lui font honneur,
Car, si l'une est basse et trop platte,
L'autre s'élève avec rondeur.
Dieu ! que mon homme, etc,

Il s' tiendrait droit comme une règlette
S'il n'avait (peu de chos', grand Dieu !)
Ses frêles jambes en serpette,
Ce qui le rapetisse un peu.
Dieu ! que mon homme, etc,

Déclaration.

De peur qu'une belle convoite
Ce bijou, ce trésor d'amant,
J'ai fait fabriquer une boîte
Pour le garder soigneusement.

Dieu ! que mon homme est un bel homme
Un Adonis, un vrai soleil !
On irait de Paris à Rome
Sans pouvoir trouver son pareil.

J. Richefeu.

LE CAPRICE.

Air : Bouton de rose!

De mon caprice
Je ferai la confession,
Car, en parlant sans artifice,
De vous j'obtiendrai le pardon
De mon caprice (*bis*).

J'ai pour caprice
La jeune et belle Jeanneton ;
Elle est naïve et sans malice,
J'aime la rose et le bouton
De mon caprice (*bis*).

J'ai pour caprice
De vider souvent mon flacon.
J'aime la cave aussi l'office,
En vrai disciple de Piron :
C'est mon caprice (*bis*).

Divin caprice ! *
Tu ramène Napoléon.

* Decembre 1840.

Moi, je bénirai l'édifice
Qui doit s'élever en son nom :
C'est mon caprice.

Plus de caprice
Quand nous partirons chez Pluton.
Là l'on ne craint plus la police,
Le créancier ni le fripon :
Plus de caprice (*bis*).

ARISTIDE.

REMERCIEMENT

DES AMIS DE LA SAGESSE AUX AMIS DU PETIT POT,

POUR LA FOURMI,

RECUEIL LYRIQUE.

ENVOI.

La fourmi, dans l'été, travaille avec courage
Pour traverser l'hiver sans avoir de sevrage.
Et vous, francs goguettiers, dans la belle saison,
Vous fîtes de refrains une large moisson.
L'insecte, à son labeur, a joint la prévoyance,
Aux frimats rigoureux prudemment elle pense.
Vous, sans vous occuper de soif ou d'appétit,
Raffraîchissez les sens et nourrissez l'esprit ;
Ah ! montrez-nous encor quelques feuilles nouvelles :
J'ai vu parmi les fleurs le nom des immortelles.
Frondez tous les travers, dites la vérité :
Il est plus d'un chemin pour l'immortalité ! ! !

RENAUDIN.

Sociétaire des Amis de la Sagesse.

LES VENDANGEURS

Air : Brennus disait (Béranger).

REFRAIN.

Faites vendange, et videz à loisir,
Gais vendangeurs, la coupe du plaisir.

Faites vendange au bruit de gais refrains,
En quantité les grappes sont vermeilles.
Un beau soleil a muri tous les grains,
Gais vendangeurs, emplissez vos corbeilles.
Faites vendange, et videz à loisir,
Gais vendangeurs, la coupe du plaisir.

Si, parmi vous, un séduisant minois
Aide à presser la grappe de la vie ;
Si les accens de sa touchante voix
Vibre aux ressorts de votre ame ravie :
Faites vendange, et videz à loisir,
Gais vendangeurs, la coupe du plaisir.

De Désaugiers, ce gai cultivateur,
Aux francs lurons la vigne est précieuse.

Ah ! si l'on vient, de son cep enchanteur,
Vous présenter une grappe joyeuse :
Faites vendange, et videz à loisir,
Gais vendangeurs, la coupe du plaisir.

Dans une vigne, où s'enivra Clio,
Debreaux vient-il montrer à la mémoire
Les *grenadiers du champ de Waterloo*,
Remparts vivants d'une immortelle gloire :
Faites vendange, et videz à loisir,
Gais vendangeurs, la coupe du plaisir.

De Béranger vos paniers sont remplis,
Oh ! survidez et remplissez sans cesse.
La liberté, dans ses ceps accomplis,
Est un raisin qu'on presse avec ivresse.
Faites vendange, et videz à loisir,
Gais vendangeurs, la coupe du plaisir.

J. Richefeu.

LA FAIM.

Air : Luttons ! luttons ! contre l'adversité.

Pauvre orphelin, sans appui sur la terre,
De la misère éprouvant les rigueurs ;
Si jeune encor, quelle douleur amère !
Sur mon destin, amis, versez des pleurs.
A cent projets mon ame s'abandonne ;
Combien de fois je pense au lendemain.
Ah ! par pitié, faites-moi donc l'aumône,
Je tombe, hélas ! accablé par le faim (*bis*).

Combien de fois j'ai bravé la souffrance,
Combien de fois mon esprit égaré,
Du vrai bonheur ignorant la puissance,
D'un vain espoir je m'étais enivré.
Pour un enfant, quel funeste prèsage !
Je suis alors sans asile et sans pain.
La mort bientôt deviendra mon partage,
Je tombe, hélas ! accablé par la faim (*bis*).

Riches et grands, vous détournez la vue,
Vous qui pouvez, seuls, adoucir le sort
Du malheureux dont l'ame est éperdue ;
De vos bienfaits j'attends un doux effort.

Cris superflus.... Pour moi, plainte inutile,
La mort ! la mort sera mon seul butin :
Je vais partir pour le céleste asile,
Je tombe, hélas ! accablé par la faim (*bis*).

Ce jour fatal, qui succède à l'aurore,
Me vit, bientôt, comme une fleur des champs
Qu'un beau soleil venait de faire éclore,
Et fut flétrie alors avant son temps.
J'aurais bien pu prolonger l'existence,
Oui, j'aurais pu voler sur le chemin.
J'ai mieux aimé garder mon innocence,
Aussi, je meurs accablé par la faim (*bis*).

Vous que le sort élève à la fortune,
Aux malheureux prodiguez des secours ;
Quand, du destin, la rigueur l'importune,
Prêtez l'oreille à ses touchants discours.
Que l'or, pour vous, ne soit qu'une vétille,
Soyez sensible, ayez le cœur humain.
Lorsque chez vous l'exubérance brille,
Le pauvre, hélas ! doit-il mourir de faim (*bis*).

P. Jusquet.

LES ENFANS DE L'ERMITAGE

Air des Puritains.

REFRAIN.

Dans ce bel ermitage,
Venez, amis, avec courage,
Venez faire entendre les sons,
De gais refrains, de joyeuses chansons.

—

Loin du faste des cours
Et de leurs plats discours,
Momus et sa marotte
Règnent dans cette grotte.
Ami du gai-savoir,
Viens, après ton devoir,
De leur gaîté falotte
Sentir l'heureux pouvoir.

Dans ce bel ermitage,
Venez, amis, avec courage,
Venez faire entendre les sons,
De gais refrains, de joyeuses chansons.

Dans ce charmant réduit
Où le plaisir conduit,
Ermites, gais trouvères,
Qu'au doux choc de vos verres

S'unisse un gai refrain,
Remède souverain
Contre les fronts sévères
Et le sombre chagrin.

Dans ce bel ermitage,
Venez, amis, avec courage,
Venez faire entendre les sons,
De gais refrains, de joyeuses chansons.

Les chants de francs buveurs
Charmeront tous les cœurs ;
Doux accens d'une femme
Enivreront notre ame ;
De satiriques voix
Décocheront parfois
La piquante épigramme
Jusqu'aux palais des rois.

Dans ce bel ermitage,
Venez, amis, avec courage,
Venez faire entendre les sons
De gais refrains, de joyeuses chansons.

De nos anciens succès,
De nos brillants haux-faits;
Ici des champs de gloire
Fêterons la mémoire.
Sous des cieux meurtriers,
Quand nos jeunes guerriers

Étonnent la victoire,
Préparons des lauriers.

Dans ce bel ermitage,
Venez, amis, avec courage,
Venez faire entendre les sons
De gais refrains, de joyeuses chansons.

Que n'ai-je d'Apollon,
Loin du sacré vallon,
Cette lyre puissante!
Cette voix ravissante!
Alors, la Liberté.
Cette divinité,
Sortirait jaillissante
Avec l'égalité!

Dans ce bel ermitage,
Venez, amis, avec courage,
Venez faire entendre les sons
De gais refrains, de joyeuses chansons,

Quand l'immortel grognard
Voulut de Saint-Bernard
Franchir le mont aride,
L'ermite fut son guide.
Nous, ermites viveurs,
Si de braves buveurs
Tombent sous le liquide,
Nous seront leurs sauveurs.

Dans ce bel ermitage,
Venez, amis, avec courage,

Venez faire entendre les sons
De gais refrains, de joyeuses chansons.

Artisan chansonnier,
Dans ton humble grenier,
Quand ta muse fidèle
Lance quelqu'étincelle,
Presses-toi d'accourir
Nous en faire jouir ;
Ton poétique zèle,
Nous saurons l'applaudir.
Dans ce bel ermitage,
Venez, amis, avec courage,
Venez faire entendre les sons
De gais refrains, de joyeuses chansons.

Faibles jouets du sort,
Bientôt le sombre bord
Sera notre demeure.
Là, notre ame meilleure
Continûra le cours
De nos plaisirs trop courts.
Mais, en attendant l'heure,
Amis, venez toujours.
Dans ce bel ermitage,
Venez, amis, avec courage,
Venez faire entendre les sons
De gais refrains, de joyeuses chansons.

J. Richefeu. P. Jurquet.

LE SAC A LA MALICE.

Air du Rémouleur (L. Festau).

Veux-tu, disait un jour Colin
A la perle de son village,
Que je te montre, en vrai malin,
Quelques beaux tours d'escamotage.
— « Je le veux bien, ah ! quel plaisir
Je vais avoir, dit la novice. »
— « Eh bien ! Lise, il me faut ouvrir
Ton petit sac à la malice. »

— « Toute entière y veux-tu, vraiment,
Fourrer la main ? » — « Quelle folie !
C'est avec un doigt seulement,
Que j'opère, ma douce amie. »
— « Mais, Colin, il ne peut entrer,
J'ai beau desserrer la coulisse.
Ah ! mon Dieu ! tu vas déchirer
Mon petit sac à la malice. »

En vain quelques cris de frayeur
S'échappent du sein de la belle :

Le pétulant escamoteur
Force une entrée aussi rebelle.
« Si, dit-il, ta douleur s'accroit,
Ma chère, c'est un maléfice,
Qui, par la force de mon doigt,
Quitte ton sac à la malice.

« Fort bien, m'y voici, maintenant.
Surtout, ne fais pas de gambades.
Observe et suis ce mouvement :
Un' deux, allons, partez muscades. »
Dès lors, sans se faire prier,
Prenant goût à cet exercice,
Lise en mesure, et sans crier,
Pousse le sac à la malice.

Après six prestiges, enfin,
L'opérateur dit à Lisette :
Ma poudre de perlimpimpin
Est épuisée, adieu fillette.
Mais, elle reprend à son tour :
Vas toujours, l'instant est propice,
Car je sens encor plus d'un tour
Au fond du sac à la malice.

De Colin, si vous admiriez
Le talent d'après cette histoire,

Du mien, Mesdames, vous seriez
Plus surprises, j'ose le croire,
Car je possède des secrets
Inconnus à son artifice :
Pour vous convaincre, je voudrais
Tenir un sac à la malice.

J. BARRÉ.

LE TROUBADOUR.

Air : Pêcheur, parle bas.

Voilà, nous dit une chronique,
Le passe temps d'un troubadour :
Sous l'arceau d'un vaste portique ;
Au pied d'une sombreuse tour ;
D'une main il saisit sa lyre :
        La la, la la la.
Sous ses doigts la corde soupire
        La la, la la la.
— Métier charmant, utile en ce temps-là.

D'une invisible châtelaine
Qui se cache comme un trésor,

Veut-il subir la douce chaîne
Et recevoir l'écharpe d'or :
D'une main il saisit sa lyre :
La la, la la la.
Sous ses doigts la corde soupire
La la, la la la,
— Métier charmant, utile en ce temps-là.

A travers le sombre vitrage
De quelque château noir et vieux,
Aperçoit-il un beau visage
Couronné par deux jolis yeux :
D'une main il saisit sa lyre :
La la, la la la.
Sous ses doigts la corde soupire
La la, la la la.
— Métier charmant, utile en ce temps-là.

Une damoiselle voilée
Lui cache-t-elle ses appas :
L'œil en feu, l'ame désolée,
Suivant la belle pas à pas ;
D'une main il saisit sa lyre :
La la, la la la.
Sous ses doigts la corde soupire
La la, la la la.
— Métier charmant, utile en ce temps-là.

Mais a-t-il de sa pastourelle
Reçu le doux serment d'amour :
Chaque matin sous la tourelle,
Avant les premiers feux du jour :
D'une main il saisit sa lyre :
La la, la la la.
Sous ses doigts la corde soupire
La la, la la la.
— Métier charmant, utile en ce temps-là.

Un Sarrazin au front barbare
Enlève-t-il l'objet si doux ;
Ou bien un suzerain avare
Le retient-il sous les verroux :
D'une main il saisit sa lyre :
La la, la la la.
Sous ses doigts la corde soupire
La la, la la la.
— Métier charmant, utile en ce temps-là.

J. Richefeu.

L'UNION.

Air : Je reviendrai.

Douce union, dans le siècle où nous sommes,
Tu n'es connue, hélas ! que par ton nom,
Car l'intérêt qui divise les hommes,
T'éloigne d'eux, quoiqu'ils disent que non.
Dans le grand monde on ne voit qu'égoïsme,
Les gouvernants sont en division.
Il est, je crois, peu de patriotisme
Dans le pays où manque l'union (*bis*).

« Dans notre temps, nous disent les grands-pères,
« Tout allant mieux, on goûtait le bonheur ;
« Dans chaque rue on s'abordait en frères,
« Et de sa femme on avait seul le cœur. »
Mais aujourd'hui, chacun a ses manières,
Son étendard et sa religion,
Et nous gagnons le siècle des lumières ;
Mais en perdant celui de l'union (*bis*).

Près des palais des maîtres de la terre,
On ne voit plus que mouchards et soldats,

Qui, si le peuple entrait dans sa colère,
De son couroux ne les sauveraient pas.
Gardes du roi, croisez la baïonnette
Sur l'assassin, le traître et l'espion;
Mais, dressez-la, si le Français s'apprête
A réclamer la Charte et l'union (*bis*).

Charmants buveurs, dont les voix éloquentes
Font un chorus à nos refrains joyeux,
Qui, chaque soir, près d'aimables bacchantes,
Ivres d'amour, en paix fermez les yeux.
Que la gaîté chez vous soit franche et libre;
Exempts d'envie et de prétentions :
Buvez assez pour perdre l'équilibre,
Mais pas assez pour perdre l'union (*bis*).

Qui fit toujours la force d'un empire?
Qui fait souvent le bonheur des époux?
Qui vient ici doubler notre délire?
Qui, du destin, nous fait braver les coups?
Qui, des proscrits, sait adoucir les peines?
Qui, d'un complot, tait l'exécution?
Qui, des forçats, parfois brise les chaînes?
C'est l'union, amis, c'est l'union (*bis*).

JONQUOY.

AH ! TRAITRE T'Y VOILA.

Air : Au Dieu des bonnes gens.

« Oui, malgré vous, pucelles du Permesse,
« Je veux trouver et rimer un sujet. »
Disais-je, las d'attendre leur promesse,
Et seul, un soir, j'entreprends mon projet.
J'écris, j'efface, ah ! quelle pénurie :
En un instant ce travail m'accabla,
Quand, me narguant, l'une des sœurs me crie :
Ah ! traître t'y voilà (*bis*).

« Charles, finis, ou j'appelle ma mère »
Disait Lisette à son heureux amant
Rempli d'ardeur, et dont la main légère,
De son corset frippait l'ajustement.
Pour arriver au but que l'on désire,
Partout sa main si bien se faufila,
Qu'en rougissant Lise ne sut que dire :
Ah ! traître t'y voilà (*bis*).

Mais, conservant un espoir téméraire,
Charles commence un plus heureux larcin,

Lise, alarmée, oppose un front sévère
A l'impudent qui poursuit son dessein.
Malgré les coups, Charles, dans son délire,
Ouvre un trésor que long-temps on cèla....
L'amour triomphe et Lisette soupire :
Ah ! traître t'y voilà (*bis*).

A Jean, un jour, pour enlever sa femme,
Certain curé fit peur de Lucifer.
Différemment tous deux ont rendu l'ame,
Jean est au ciel et le prêtre en enfer.
L'homme saint jure, et Jean qui l'examine,
Dit, le voyant dans cette braise-là :
Pour te punir de m'avoir pris Claudine,
Ah ! traître t'y voilà (*bis*).

J. Richefeu.

Le mémoire.

Chez sa mercière, Adèle, mes amours,
A fait une dette affrayante....
Ah ! je comprends pourquoi, depuis huit jours,
Elle est si douce et caressante.

J. Richefeu.

MADELON.

Air : Viens rusée, etc. (Caille).

Allons donc, Madelon,
Je te donne
Ma couronne,
Allons donc, Madelon,
Viens briller dans mon salon.

Viens, sans cesse,
L'ivresse,
A ma cour
T'appelle,
Ma belle,
En ce jour.
Et que ta flamme
Paye mon ame
D'un aimable retour.
Allons donc, etc.

A toi ce dais de rubis,
A toi ce bel apanage,
Abandonne ton village,
Laisse paître tes brebis.
Viens, sans cesse, etc.

Madelon tu ne dois pas,
Toi, des femmes la plus belle,
Baisser ainsi la prunelle
Vers tes modestes appas.
Viens, sans cesse, etc.

Te souviens-tu de ce jour
Où tu me disais : Je t'aime !
Mon ivresse fut extrême,
Et je te dis à mon tour :
Viens, sans cesse, etc.

Par le plaisir enivré,
J'ai, malgré toi, sur ma bouche
Posé ta main si farouche,
Alors je fus égaré.
Viens, sans cesse, etc.

Si tu quitte ce hameau,
Si tu cède à ma prière,
Tes yeux, comme une lumière,
Seront d'un éclat nouveau.
Viens, sans cesse, etc.

Parmi les plus belles fleurs
Qui seront dans ton parterre,
On se trompera, ma chère,
A tes brillantes couleurs.
Viens, sans cesse, etc.

Oui, tu seras désormais
Maîtresse de ma couronne ;
Il n'est que toi, ma mignonne
Qui peux orner mon palais.
Viens, sans cesse, etc.

Parmi nos dames de cour
En est-il une qui puisse
Comme toi, sans artifice,
Avoir un si beau contour.
Viens, sans cesse,
L'ivresse,
A ma cour
T'appelle,
Ma belle,
En ce jour.
Et que ta flamme
Paye mon ame
D'un aimable retour,

P. JURQUET.

LA MORT.

Air : Fuis, ame blanche, etc.
Ou *du forçat libéré.*

Oui, cette chair immobile et livide,
Oui, ce cadavre où sont déjà les vers,
Peut-être hier c'était un être avide
Dont la pensée embrassait l'Univers.
L'activité qui nous portait envie,
Cette voix mâle et ce regard de feu,
Tout s'est éteint. Mais il nous reste, ô Dieu!
Le doux espoir d'une seconde vie.

Ah! quand l'espoir brille au-delà du port,
Oh! mes amis, ne craignons pas la mort.

Mort!.... Et ce mot a rempli d'épouvante
Le cœur peureux des fragiles humains.
Pourquoi, vieillard à tête chancelante,
L'éloignes-tu de tes débiles mains?
Ne sens-tu pas qu'une divine flamme
Veut te quitter pour un beau ciel d'azur,
Ne sens-tu pas qu'un vêtement impur
A trop long-temps emprisonné ton ame.

Ah! quand l'espoir brille au-delà du port,
Oh! mes amis ne craignons pas la mort.

Ange déchu, notre ame ici jetée,
Doit conquérir sa première candeur.
Pour qu'elle puisse, au ciel un jour citée,
Du Tout-Puissant soutenir la splendeur,
Tout en souffrant cette misère étrange
Qui, sans pitié, s'attache à notre corps,
Il faut enfin que, libre et sans remords,
Elle soit pure au sortir de la fange.

Ah! quand l'espoir brille au-delà du port,
Oh! mes amis ne craignons pas la mort.

Oh! si du crime, en cette terre abjecte,
Vous n'évitez le cloaque béant,
Si son bourbier vous souille, vous infecte,
Lá mort alors : c'est un affreux néant.
Mais, loin du goufre où se perd l'ignorance
Si la sagesse a dirigé vos pas,
Ne craignez rien, car alors le trépas
Est une voie où brille l'Espérance.

Ah! quand l'espoir brille au-delà du port,
Oh! mes amis ne craignons pas la mort.

Si tout le sang dont la veine est rougie,
Tout ce qu'enfin l'Éternel mit en nous,
De dévoûment, de raison, d'énergie,
Nous l'employons pour le bonheur de tous.

Qu'importe l'heure où la mort sera prête?
Qu'importe à nous quand frappe le destin :
Pour voir le ciel, notre futur chemin,
Nous avons su toujours lever la tête.

Ah! quand l'espoir brille au-delà du port,
Oh! mes amis ne craignons pas la mort.

J. Richefeu.

L'OEILLET.

ROMANCE.

Air à faire.

Bel œillet, ah! combien j'envie
Le destin dont tu vas jouir.
Bientôt, sur le sein de Sylvie
Tu vas aller t'épanouir.
Tu vas, de l'air qu'elle respire,
Parfumer la douce fraîcheur ;
Et si d'amour elle soupire
Tu sentiras battre son cœur.

Si la main de ma tendre amante,
En te pressant avec émoi,

Te porte à sa bouche charmante,
Tâches de lui parler de moi.
Dis-lui qu'à jamais je l'adore,
Que mon cœur bat quand je la vois,
Que loin d'elle il palpite encore,
Et que partout j'entends sa voix.

Au tien, quel sort est préférable?
Il est vrai, bien peu tu vivras!
Car sur le sein de femme aimable
Avant ce soir tu finiras.
Cependant, dis bien à Sylvie
Qu'éloigné de plaindre ton sort,
Je voudrais partager ta vie,
Je voudrais éprouver ta mort.

JONQUOY.

AUX AMIS DE LA SAGESSE.

CHARADE. *

Si vous faites mon premier
Comme le dit mon dernier,
Au milieu de la folie
Vous finirez de la vie,
Sans embuches mon entier.

J. RICHEFEU.

* Le mot à la fin du volume.

LE CÉLIBATAIRE.

Air : Oui, ce bas monde est une comédie.

REFRAIN.

Ah ! que je plains le vieux célibataire !
Dans sa demeure, asile du chagrin,
Les noms si doux et d'époux et de père
Ne vont jamais embellir son destin.
Comme un ermite, ignoré dans ce monde,
Seul pour porter le fardeau des tourments,
S'il ne craint pas qu'une femme le gronde,
C'est qu'il vit loin de ses embrassements,
Ah! que je plains, etc.

Loin des jaloux, en bravant l'hyménée,
Il peut, dit-on, vivre au sein du repos.
Mais son bonheur vaut-il une journée
Du jeune époux entouré de marmots?
L'un, comme il peut, en regardant sa mère,
D'un air malin grimpe sur ses genoux ;
L'autre, au berceau, pleure et se désespère
Voulant jouir d'un instant aussi doux.
L'épouse, enfin, à son mari le porte,
Qui, dans ses bras, le serre tendrement ;

Et le grand-père, en entr'ouvrant la porte,
Verse des pleurs à ce tableau charmant!....
Ah! que je plains, etc,

L'époux aimé d'une épouse chérie,
Dit à son fils, en citant des héros :
« S'il faut, un jour, défendre la patrie,
Vole, mon fils, sous ses nobles drapeaux.
Puis, aux combats, pour vivre dans l'histoire,
Des ennemis cherche à rompre les rangs.
Reviens après, conduit par la victoire,
Sous des lauriers ombrager tes parens.
Mais si Bellone, il faut bien te l'apprendre,
Vous trahissait malgré votre valeur,
Songe, mon fils, songe à ne pas te rendre,
Car il est beau de mourir pour l'honneur. »
Ah! que je plains, etc.

L'heureuse épouse, à sa fille adorable,
Dit, en donnant l'exemple des vertus :
« De la beauté l'empire est peu durable,
Quand l'âge vient on ne l'admire plus.
Profite donc des jours de ta jeunesse,
Pour éloigner de ton sensible cœur,
Plaisirs mondains et frivole tendresse,
Qu'offre à nos yeux plus d'un vil séducteur :
Ferme l'oreille au perfide langage

Du vieux garçon inconstant et jaloux,
Et, de l'amour, n'accepte enfin de gage
Que de celui qui sera ton époux. »
Ah ! que je plains, etc.

Au chaste hymen il refuse un asile ;
Car de l'amour il veut suivre les lois.
Mais, quand les ans rendent son corps débile,
Le dieu malin reste sourd à sa voix.
Pâle et souffrant, regrettant sa jeunesse,
Il veut offrir et sa main et son cœur :
Il est trop tard, on rit de sa faiblesse,
Et d'un refus on comble son malheur.
De vivre heureux perdant toute espérance,
Puisque d'amour est éteint le flambeau,
Il meurt.... Hélas ! l'Hymen et l'Innocence
Ne vont jamais pleurer sur son tombeau.

Ah ! que je plains le vieux célibataire !
Dans sa demeure, asile du chagrin,
Les noms si doux et d'époux et de père
Ne vont jamais embellir son destin.
Comme un ermite, ignoré dans ce monde,
Seul pour porter le fardeau des tourments,
S'il ne craint pas qu'une femme le gronde,
C'est qu'il vit loin de ses embrassements.
Ah ! que je plains, etc.

JONQUOY, *invalide*.

L'UNION.

Air : Du sauvage, ou de *l'Incas*.

Un orateur*, plein d'une ardeur divine,
Prêcha jadis la gloire et les combats ;
Puis Saint Louis, aux champs de Palestine,
Mourut avec des milliers de soldats.
Qu'un autre prêche ou l'amour ou la haine,
Le scepticisme ou la religion,
Du désaccord, pour alléger la chaîne,
Moi, mes amis, je prêche l'Union.

Un bon vieillard prèt de quitter la vie,
Auprès de lui fit venir ses enfans,
Puis il leur dit : Chassez au loin l'envie,
N'écoutez point les conseils des méchans
Ah ! que toujours l'amitié vous rassemble !
De vos aïeux imitez les vertus :
Pauvres humains, vous êtes forts ensemble,
Mais, séparés, las ! vous ne l'êtes plus.

Jeunes époux, dont la vive tendresse
Offre à nos yeux l'exemple du bonheur,

* Pierre l'ermite.

De votre enfant, une douce caresse
Doit enflammer, réjouir votre cœur.
Et si jamais quelque léger nuage
Venait, soudain, noircir votre horizon,
De cet enfant, en contemplant l'image,
Heureux époux retrouvez l'Union.

BOUZON.

FINISSEZ.

Air : Voulez-vous des gravois ?

Mes bons amis, oui, je vous le répète,
De rimailler je ne suis plus charmé.
Adieu gentille et tendre chansonnette,
Car de ma voix l'accent est enrhumé,
De mon esprit l'essor est enfermé.
Apollon dit d'un ton sévère :
Tous vos amis se désespère,
De vos refrains ils ont assez :
Finissez (5 *fois*).

Toujours enclin au doux jus de la treille,
Un mien ami disait hier matin :
« Tiens, viens ce soir, et je paîrai bouteille
Aux Vendangeurs, chantant joyeux refrain,

Tu peux compter y boire du bon vin. »
Mais, en nous servant sa piquette,
Le pourvoyeur dit, l'air honnête :
Mon vin est pur, messieurs, buvez....
Finissez (5 *fois*).

Un vieux barbon, près de jeune brunette,
Avec transport vint parler de ses feux.
Bah ! répartit la maligne grisette,
A soixante ans être encore amoureux,
Vraiment, papa, c'est être bienheureux.
Hélas ! terminons ce langage,
Sachez que je suis fille sage,
Que pour moi vos feux sont gelés :
Finissez (5 *fois*).

Un beau matin, chez ma jeune voisine,
Je m'introduis pour lui faire ma cour.
Avec ardeur bientôt je la lutine ;
La belle alors rejette mon amour,
Et, de sortir, me somme sans retour.
Grâce à mes soins, la demoiselle
Dit, en cessant d'être cruelle :
Fripon, puisque vous commencez :
Finissez (5 *fois*).

Bons Parisiens, ah ! cessez vos alarmes.
Non, plus pour vous de tribulations ;

Nos vieux soldats ont affuté leurs armes,
Nous défions toutes les nations,
C'est grâce à nos fortifications.
Mon portier qui connaît la chose,
Dit que tous les plans qu'on propose
L'Empereur les avait tracés :
Finissez (5 *fois*).

VICTOR LÉGER.

LA RENTRÉE DES CENDRES DE NAPOLÉON.

RONDEAU.

Et je n'ai pu la voir, cette cérémonie
Qui remplissait le vœu du héros redouté !
Ce vœu qu'il exprimait dans sa longue agonie :
Que ma cendre, mon Dieu! repose et soit bénie
Au milieu de mon peuple en la grande cité!!

En vain ma volonté pieuse, indéfinie,
Stimulait la vigueur dans mon corps éreinté * ;
De me mettre en chemin mille fois j'ai tenté ;
Et je n'ai pu !...

Chaque voix qui revient de louange est garnie :
Le cortége, le char, la funèbre harmonie,
Tout sentait l'Empereur : Cette solennité
Était digne, en un mot, de son puissant génie.
Sans espoir de retour, hélas! elle est finie.
Et je n'ai pu la voir !!!

J. RICHEFEU.

* L'auteur était alors malade.

*LE JALOUX.

Air : Abrégeons le temps de l'absence.

N'est-ce pas, ma petite amie,
Que le soupçon est un tourment.
Oui, j'abjure la jalousie,
A tes pieds j'en fais le serment.
Je sais combien ça te fait peine
Quand tu me vois mettre en courroux.
Ah ! pardonnes-moi, mon Hélène,
Je ne veux plus être jaloux.

Aussi, cela me porte ombrage
Quand un galant vient te parler.
Alors, moi je te crois volage,
Et ne peux plus m'en consoler.
Et puis, pendant une semaine,
On est tous deux comme des loups.
Ah ! pardonnes-moi, mon Hélène,
Je ne veux plus être jaloux.

Un secret chagrin te domine,
Tu cherches à me le cacher.
Dis-moi, dis-moi quoi te chagrine ?
Qui peut contre moi te fâcher ?
Oh ! si j'ai mérité ta haine,
Le bonheur fuira loin de nous....
Mais, pardonnes-moi, mon Hélène,
Je ne veux plus être jaloux.

J. RICHEFEU.

LE GARÇON INDIFÉRENT.

Air : A ma Margot du bas en haut.

REFRAIN.

Je suis garçon
Et, sans façon,
Je veux goûter du cotillon.

Ma Lise est une fille sage,
On n' peut pas l'être d'avantage,
Mais, voyez comme on est méchant,
L'on dit qu'elle a certain penchant....
Et pourtant
Maintenant
Je veux, quoi qu' l'on dise,
Epouser ma Lise.
Je suis garçon, etc.

On dit qu' malgré son ton sévère,
Ell' ne déplait pas au vicaire ;
C'est pour ça qu'on peut supposer
Qu'ell' va souvent se confesser,
Et pourtant
Maintenant
Je veux, quoi qu' l'on dise,
Epouser ma Lise.
Je suis garçon, etc.

On me dit que dans sa chambrette,
Un musicien vient en cachette.

Si je m'en rapporte aux dictons
Il lui donnât quelques leçons.
Et pourtant
Maintenant
Je veux, quoi qu' l'on dise,
Epouser ma Lise.
Je suis garçon, etc.

Des deux enfans dont elle est mère,
Jamais ell' ne connut le père ;
Car elle n'avait pour amant
Que la moitié d'un régiment.
Et pourtant
Maintenant
Je veux, quoi qu' l'on dise,
Epouser ma Lise.
Je suis garçon, etc.

On dit qu' c'est un' bonne ouvrière,
Et surtout bonne ménagère,
Qu' bien souvent ell' me rapport'ra
Autre chos' que ce qu'ell' gagn'ra.
Et pourtant
Maintenant
Je veux, quoi qu' l'on dise,
Epouser ma Lise.
Je suis garçon, etc.

Pour mettre un comble à leur *traitrise*,
On me ménageait un' surprise.

Cinq ans avant, du bon pasteur,
Lise eut, je crois, un enfant d' chœur.
Et pourtant
Maintenant
Je veux, quoi qu' l'on dise,
Epouser ma Lise.
Je suis garçon, etc.

Mon Dieu ! mon Dieu ! comment donc faire
Pour que chacun puisse se taire?
Dans tout l' villag' ça n' fait qu'un cri,
L'un dit par là, l'autre par si.
Et pourtant
Maintenant
Je veux, quoi qu' l'on dise ,
Epouser ma Lise.
Je suis garçon, etc.

Pour ses amants qu'elle surprise !
Lorsque je vais posséder Lise :
Seul'ment je dois me méfier
De n'être pas cocufier.
Et pourtant
Maintenant,
Je veux, quoi qu' l'on dise,
Epouser ma Lise.

Je suis garçon
Et, sans façon,
Je veux goûter du cotillon.

P. JURQUET.

LES ADIEUX A LA NATURE.

Couplets dédiés à mon amie.

Air : Muse des bois, etc.

De tes baisers, ô ma charmante Adèle,
L'hiver qui vient retient la vive ardeur ;
Je sens, hélas ! ta bouche qui se gèle,
Et mon amour s'est glacé sur ton cœur.
A la nature, à présent si tranquille,
Dis avec moi, voyant le ciel si noir :
Des doux plaisirs, adieux riant asile,
Avec l'été nous reviendrons te voir. } (*bis*).

Plus de repos sous la verte feuillée
Où chaque soir nous rêvions au bonheur.
Par l'Aquillon la branche est effeuillée ;
Et le taillis n'a plus son épaisseur.
Pour que l'amour pour nous soit plus agile,
Loin de ces lieux, ah ! fuyons dès ce soir.
Des doux plaisirs, adieu, riant asile,
Avec l'été nous reviendrons te voir.

Oui c'est l'hiver, et, devant son cortége,
Vois s'envoler le doux oiseau des champs,
Cherchant au loin un lieu que Dieu protége
Pour s'abriter et braver les autans.
Ainsi que lui, dans notre domicile,
Rentrons tous deux nous livrer à l'espoir.
Des doux plaisirs, adieu, riant asile,
Avec l'été nous reviendrons te voir.

JULES BIGUENET.

VOULEZ-VOUS DU TABAC?

Air : Pos's ta chique et fais l' mort (feu Leroi).

Le bon tabac a souvent, dans ma vie,
Fait oublier ma poignante douleur.
Or, au mortel que chagrine l'envie
En essayant de lui ravir l'honneur,
Moi, pour calmer sa trop juste fureur,
  Je dis : Voyons, soyez plus sage,
  Rendez joyeux ce noir visage,
  Et pour oublier ce micmac :
    Voulez-vous du tabac?
    Voulez-vous (*bis*) du tabac?

Vous qui, d'avance, écrivez le grimoire
Que vous devez débiter tout d'un trait,
Vains essayeurs du grand art oratoire,
Si vous vouliez éviter le sifflet,
Rien qu'une prise, hélas! vous suffirait.
  Car si vous oubliez le texte,
  Éternuez, c'est un prétexte
  Qui couvre l'*ab hoc et ab hac* :
    Voulez-vous du tabac?
    Voulez-vous (*bis*) du tabac?

Certain beau jour au bras j'avais Lisette,
Les doux regards ne faisaient pas défaut.
Quand un faquin vint, avec sa lorgnette
Pour nous toiser tous deux du bas en haut.
Moi qui suis bon, mais pas plus qu'il ne faut,
M'approchant de lui sans mystère,
Je dis, retenant ma colère :
« Jeune homme, au lorgnon de tombac »
Voulez-vous du tabac?
Voulez-vous (*bis*) du tabac?

Quand l'étranger, dans son flegme admirable,
Des saints traités foulant aux pieds la foi,
Croyait pouvoir, se voyant innombrable,
A Bonaparte imposer une loi,
Lui, sans marquer un mouvement d'effroi,
D'une voix et profonde et grave,
Il lui disait, montrant un brave,
Vieux grognard fumant au bivac :
Voulez-vous du tabac?
Voulez-vous (*bis*) du tabac?

Vous que la France et chérit et contemple,
Dignes soutiens de notre pavillon,
D'un fier marin, hélas! suivez l'exemple,
Ça peut servir dans une occasion;
A ce récit faites attention :

« Si parfois l'Anglais s'émancipe,
« Jean Bart, tout en fumant sa pipe,
« Lui crie, assis sur le tillac :
« Voulez-vous du tabac?
« Voulez-vous (*bis*) du tabac? »

Lorsque viendra ma minute dernière,
Dans mon linceul, amis, n'oubliez pas
De mettre blague et pipe et tabatière,
Car, voyez-vous, quand je serai là-bas,
Au bon Caron je veux dire tout bas :
Mon vieux, je n'ai plus une obole,
Mais, si vous voulez, ma parole!
Sans ennui me passer le bac,
Acceptez du tabac?
Acceptez (*bis*) du tabac?

J. Richefeu.

LOGOGRIPHE *.

Je possède du vin, des chansons ou des morts.
Je rends l'homme joyeux ou l'invite au remords.
J'ai six lettres en tout : ôtez les deux premières :
Je suis un mets fort bon, ma foi!
Si vous ôtez les deux dernières :
Je suis alors plus grand que moi.

J. Richefeu.

* Le mot à la fin du volume.

LE BUREAU.

Air : Comportez-vous décemment.

Vous avez une bonne place,
Vous, qui présidez à nos chants,
Vous buvez du vin à la glace,
Vous entendez mieux nos accens.
On vous donne une belle chaise
Et le meilleur vin du caveau.
On rit, chante, boit à son aise
Quand on est membre du bureau (3 *fois*).

Entrez-vous pendant la séance ?
Chacun veut vous donner la main ;
Et le bureau crie au silence
Quand lui seul est cause du train.
Il faut que le chanteur se taise
Et recommence de nouveau,
Car on fait du bruit à son aise
Quand on est membre du bureau (3 *fois*).

Si vous demandez la parole,
Vous l'obtenez au même instant ;

Mais, ce qui souvent nous désole,
C'est qu'un quart d'heure on vous attend.
Il faut cependant qu'on se taise,
Car, du président, le marteau
Dit, que l'on n'en prend qu'à son aise
Quand on est membre du bureau (3 *fois*).

S'il arrive un jeune poète,
Bien faible encor dans ses couplets,
La censure est là qui le guette.
On l'applaudit cependant.... Mais,
Pour peu qu'un de ses vers déplaise,
Sur sa muse encore au berceau,
On critique tout à son aise
Quand on est membre du bureau (3 *fois*).

Si, quelque jour, j'avais l'envie
De former un cercle d'amis.
Pour y voir l'aimable folie,
Tout le monde y serait admis.
Mais, en ouvrant chaque séance,
Je rappellerais de nouveau,
Qu'on doit observer le silence....
En commençant par le bureau (3 *fois*).

JONQUOY, *Invalide*.

PLAINTE
D'UN AMANT TRAHI.

RONDE.

Air de Margot.

Champêtre asile,
Doux et tranquille,
Pouvez-vous rendre la paix à mon cœur !
Hélas ! mon trouble
Croît et redouble,
Ne serait-il pour moi plus de bonheur !

Tu me trahis, trop perfide maîtresse,
Ingrate, hélas ! et je respire encor ;
Et sur mon sein, pourtant, quand je te presse
J'oublie, hélas ! mon trop malheureux sort.
Viens, prends ma vie,
Ou que j'oublie
L'objet qui fut cause de mes tourments.
Mais, comment faire
Pour m'en distraire,
Mon tendre cœur y pense à tous moments.

Sans le vouloir ton charme nous attire,
On chercherait en vain à l'exprimer,
Et le cœur seul parviendrait à le dire,
Mais il ne peut que se taire et t'aimer.
Quel sort terrible
D'être sensible !
De s'attacher ainsi pour des ingrats !
C'est un martyre,
C'est un délire
Qui se sent bien, mais qui ne se rend pas.

Ah! jouis bien du bonheur de ton âge.
Cueille les fleurs écloses sous tes pas.
Tu fais aimer les fers de l'esclavage,
Et ton empire a pour nous des appas.
La beauté passe,
Un rien l'efface,
Et l'on regrette le temps qui n'est plus.
L'amour se venge,
Et d'un trait change
Nos souvenirs en regrets superflus.

Cruel amour, reçois ici mes plaintes,
C'est toi qui fus cause de mon malheur :
Tes traits vainqueurs dans leurs douces atteintes,
Ont, malgré moi, pourtant, séduit mon cœur.
Vois mon supplice,

Ton injustice,
En m'accablant ainsi de tous les maux.
Et toi, volage,
As l'avantage
De pouvoir, enfin, goûter le repos.

P. Jurquet.

UNISSONS-NOUS!

Air : *J'aime le vin* (de M. Blondel).

Unissons-nous, unissons-nous!
Ce mot a comblé mon ivresse.
J'accours à ce gai rendez-vous
Pour partager votre allégresse.
Unissons-nous : l'amitié brille,
Ne formons plus qu'une famille!
Unissons-nous, unissons-nous, } *bis*
O mes amis, unissons-nous! }

Unissons-nous, unissons-nous!
Viens dans mes bras, ô mon Adèle!
L'Hymen a des attraits si doux
Lorsqu'à l'amour on est fidèle.
Unissons-nous : et plus de craintes;
Goûtons le bonheur sans contraintes.
Unissons-nous, unissons-nous,
O mon amie, unissons-nous!

Unissons-nous, unissons-nous !
Qu'à triompher chacun s'efforce !
Des tyrans bravons le courroux,
Car l'union fait notre force.
Unissons-nous : Ce cri de gloire
Nous fait espérer la victoire.
Unissons-nous, unissons-nous,
O mes amis, unissons-nous !

Unissons-nous, unissons-nous !
D'Albion voyez la bannière :
Pour qu'il tombe, enfin, sous nos coups,
Pressons nos rangs vers la frontière.
Unissons-nous : de sa furie
Sauvons notre belle patrie !
Unissons-nous, unissons-nous,
O mes amis, unissons-nous !

Unissons-nous, unissons-nous !
Quand pour nous l'amour n'a plus d'ailes,
Donnons, au bruit de gais glouglous,
Encor quelques chansons aux belles.
Unissons-nous : Que la folie
Charme la fin de notre vie :
Unissons-nous, unissons-nous,
O mes amis, unissons-nous !

JULES BIGUENET.

LA ROSE ET MA ROSINE.

Air ; Oui, c'en est fait, je perds ma liberté.

Gentil bouton, au feu d'un soleil pur
Tu n'ose encor entr'ouvrir ton calice.
Tu crains l'effet du suprême délice
Que Dieu promet à ton destin futur.
Quitte bientôt cette verve enfantine
Qui te défend contre un fer destructeur :
De ma maîtresse, emblême séducteur,
Tu pareras le sein de ma Rosine.

Aux feux divins de l'astre radieux,
Aux doux zéphirs, aux frais baisers d'Aurore,
De ton calice on voit la rose éclore :
Comme elle est belle en souriant aux cieux !
Charmante rose, en ta fleur purpurine
Commence à naître un parfum enchanteur :
De ma maîtresse, emblême séducteur,
Tu pareras le sein de ma Rosine.

Mais te voilà brillante de beauté,
Et ton parfum m'invite au doux délire ;

De ma raison je sens tomber l'empire ;
Dans tous mes sens glisse la volupté.
Tu m'as séduit, et ma main détermine
Que désormais tu dois parer un cœur :
De ma maîtresse, emblême séducteur,
Pare à jamais le sein de ma Rosine.

J. Richefeu.

IL FAIT SI FROID!

Air : Il fait si chaud!

Bonjour donc, mon cher confrère,
Qu' nous direz-vous de c' temps-là ?
Ça n' va pas mal comm' ça ;
Si çà dure on gel'ra
Par devant et par derrière.
Il fait si froid.
Ah ! Geoffroy ! (*bis*)
Qu'il fait froid !
Ah ! Geoffroy ! (*bis*)
Dieu ! qu'il fait froid.

Hier je sortis par force,
Mais j' vis l' pavé si glissant,
Qu' chez l' marchand d' vins Constant,

A l'enseign' du Croissant,
J'entrai tout d' got, peur d'une entorse.
Il fait si froid, etc.

Là j' vis l'sav'tier, l' père Astique,
Avec Tournant, l' rémouleur,
Et Petit-Pas l' frotteur
Avec Sanglé, l'auteur,
S' griser, en parlant politique.
Il fait si froid, etc.

J' vis, par un' cloison mal jointe,
La femm' d'un vieux financier
Sur les g'noux d'un lancier
Qui s'arrosait l' gosier,
Afin d' pousser chaud'ment sa pointe.
Il fait si froid, etc.

Mon cousin veut m' faire croire
Que dans son p'tit cabinet,
Chaque nuit il gel'rait,
Si l'aimable Babet
N' lui prêtait sa bassinoire.
Il fait si froid, etc.

Je m' croyais aimé d' Glycère,
Par qui mon cœur fut dompté,
  Mais j'apprends qu' la beauté,
  Par pure humanité,
Réchauffe l' fils d' sa laitière.

  Il fait si froid, etc.

L' marchand d' vins, par la froidure,
A les doigts tant engourdis,
  Qu'à moins qu'on n' soit d' son pays,
  D' ses parens ou d' ses amis,
Il n'emplit jamais la m'sure.

  Il fait si froid, etc.

Moi, qu'on nomm' le p'tit Grégoire,
Les froids m'ont si bien sevré,
  Qu' mon gosier altéré,
  Mon chant mal assuré,
Font trembler tout l'auditoire.

  Il fait si froïd!
    Ah! Geoffroid! (*bis*)
    Qu'il fait froid!
    Ah! Geoffroid! (*bis*)
  Dieu! qu'il fait froid.

Jonquoy, *invalide*.

AU PROGRÈS.

Air du Duel (L. Voitelain).

Fils du Présent l'univers te contempl
Et du passé l'édifice est croulé.
De l'Avenir consolide le temple,
Car sous l'orage il peut être ébranlé.
Sur chaque sol, d'une vive harmonie,
Fais resplendir les prodigieux faits ;
Comme un soleil de gloire et de génie,
Marche toujours, prophétique progrès

De l'industrie immortalise l'arbre,
Et fais surgir le pouvoir souverain
A chaque branche, où la pierre et le marbre
De ta main d'or attendent le burin.
Des producteurs la phalange s'efforce
Pour obtenir tes célestes bienfaits ;
De l'union fais connaître la force !
Marche toujours, prophétique progrès.

Noble géant, que tes dons affermissent
L'essor brillant de la fertilité !
Porte tes pas où nos chantiers gémissent ;
Et qu'à ta voix tout naisse avec fierté.
D'un gouffre ardent volcanisant la flamme,
De tous métaux on remplit les creusets ;

L'airain mugit, et le charbon s'enflamme :
Marche toujours prophétique progrès.

De chaque école, observant la science,
Fais éclater le savoir opulent ;
De nos esprits proscrivant l'ignorance,
La vanité fera place au talent.
De beaux écrits, publie un long poëme.
Pour divulguer les éternels secrets,
Montre aux humains la lumière suprême :
Marche toujours, prophétique progrès.

De l'Équité dévoile les symptômes
Pour libérer les peuples enchaînés.
Sans eux les arts ne sont que des fantômes
Qui font mouvoir leurs membres décharnés.
Marche toujours : Sous des lunes prochaines,
Le sceptre en main, poursuivant les succès,
Narguant les rois, ils briseront leurs chaînes :
Marche toujours, prophétique progrès.

D'un ciel obscur pour éclaircir les astres,
Répands l'éclat d'un rayon fraternel.
Car en suivant la guerre et ses désastres,
L'homme devient jaloux et criminel.
Du fier lion retire à la couleuvre
Le droit civil, la richesse et l'engrais ;
De tes bienfaits Dieu couronnera l'œuvre :
Marche toujours prophétique progrès.

J.-B. Aubin.

L'ALLUMETTE.

Air : Je vanne, etc.

Dans les ténèbres, l'autre soir,
J'embrasse Lise qui s'écrie :
« Ah ! monsieur, quand il fait si noir,
Fait-on pareille étourderie ? »
Pourquoi t'effrayer pour si peu ?
Dis-je à la naïve fillette :
Attends, pour obtenir du feu,
Je vais prendre mon allumette.

Sentant redoubler mon transport....
— « Mais, que faites-vous donc, dit-elle.
Quoi ! vous me chiffonnez plus fort
Au lieu d'allumer la chandelle.
Pour le faire plus promptement,
Permets, ô charmante brunette !
Que dans ton phosphore charmant
J'introduise mon allumette.

En vain elle verse des pleurs :
Ma phosphorique sans pareille

S'enfonce, malgré ses douleurs,
Dans son admirable bouteille.
« Ah ! retirez-là, c'en est fait,
Elle a pris feu, dit la pauvrette.
Je sens au fond de mon briquet
La chaleur de votre allumette. »

Six fois l'étincelle jaillit
De plus en plus vive et féconde ;
Et toujours Lise se plaignit
D'une obscurité plus profonde.
Pourtant, malgré son désespoir,
Je crois que la fine poulette,
Fermait les yeux pour ne point voir
La flamme de mon allumette.

Enfin, à la septième fois,
Me pressant dans ses bras, la belle
Me dit : Grâce à toi, j'entrevois
Une clarté vive et nouvelle.
Pour moi le ciel s'ouvre... ah! grands Dieux!
Quelle félicité parfaite !
Je goûte le bonheur des cieux
Par ta merveilleuse allumette.

ROMANCE.

Air : Pourquoi me fuir, passagère hirondelle ?

Tu ne viens pas, toi, que mon cœur adore,
Toi, que ma bouche aime tant à nommer.
Phébus s'enfuit, ici j'ai vu l'Aurore :
Tu ne viens pas, et tu disais m'aimer (*bis*)!

Tu ne viens pas : le chagrin qui dévore,
Remplit ce cœur que ta voix sut charmer.
Phébé paraît, Zéphir caresse Flore.
Tu ne viens pas : cesserais-tu d'aimer (*bis*)!

Tu ne viens pas : mon espoir s'évapore,
Et pour te fuir je vais me ranimer.
Perfide, adieu ; c'en est fait, je t'abhorre.
Tu ne viens pas : tu ne veux plus m'aimer (*bis*).

Tu ne viens pas ! l'amour, qu'en vain j'implore,
Loin de ces lieux a donc su t'enflammer ?
Phébus renaît et je t'attends encore,
Tu ne viens pas : je ne dois plus t'aimer (*bis*).

Tu ne viens pas, pourtant j'attends encore.
Car, malgré moi, je me sens ranimer.
Ah! te voilà, seul objet que j'adore !
Viens dans mes bras, puisque tu sais aimer (*bis*).

JONQUOY, *invalide*.

A MON AMIE.

(*Air : O Philoctète.*

Toi, dont le nom s'échappe de mon cœur,
Et que ma voix prononce avec délire :
Dans tes beaux yeux l'amour m'apprit à lire
Les douces lois qu'impose le bonheur.
Depuis ce temps, où ton être suprême
Me découvrit son pouvoir gracieux,
Quoique mortel je me crois fils des cieux,
Lorsqu'en secret ta voix me dit : Je t'aime. !

Quand du jour luit le rayon matinal,
Et que l'aurore a réjoui la nue,
Je crois te voir, d'une main ingénue,
Ceindre ton front d'un bandeau virginal.
Le blanc fichu qui pose sur ta robe
Est soulevé par l'aile des zéphirs :
Et sur ton cou s'exhale les soupirs
Que le Désir à mes lèvres dérobe.

Quand le soleil, sur son axe enflammé.
Tourne, et sur tout qu'il répand sa lumière,
Je crois te voir, à la saison première,
Cueillir la fleur que le temps a semé.
Tes jolis doigts en épandent les feuilles
Pour te donner les parfums de son sein ;
Puis, me livrant au lyrique dessin,
Je peins les traits du bouquet que tu cueilles.

Lorsque la nuit tend ses voiles obscurs,
D'un rêve ardent mesurant l'étendue,
Je crois nous voir, d'une ardeur assidue,
Nous prodiguer des baisers doux et purs.
Puis, du Plaisir, les mains enchanteresses,
Nous font goûter un nectar enchanté ;
Alors, tous deux, ivres de vo'upté,
Nous succombons au feu de nos caresses.

J. B. Aubin.

LOGOGRIPHE *.

Avec ma tête souvent j'extravague,
Et sans ma tête je divague.

P. Jurquet.

* Le mot à la fin du volume.

GLYCÈRE.

Air de Notre-Dame de Paris (V. Hugo.)

REFRAIN *.

Mère, vous me dites souvent :
Sous la fleur la plus belle
Parfois se cache le serpent,
Et sa langue est cruelle.
Cruelle !.... Cependant,
Lucas m'a dit : Je t'aime ;
Je le crois, et moi-même
L'aime autant.

Maman,
Quand un tendre amant

* *Ce refrain peut être dialogué ainsi :*

LA MÈRE.

Ecoute bien, ma chère enfant :
Sous la fleur la plus belle
Parfois se cache le serpent,
Et sa langue est cruelle....

LA FILLE.

Cruelle !.... Cependant,
Lucas m'a dit : Je t'aime ;
Je le crois, et moi-même
L'aime autant.

Me fait le serment
De rester fidèle,
Faut-il,
Quand il est gentil,
A son doux babil
Que je sois cruelle?
Mère, vous, etc.

Au bois,
Quand sa douce voix
Me redit cent fois :
Je t'aime, Glycère !
Mon Dieu!
N'est-ce donc qu'un jeu,
Dans ce tendre aveu
N'est-il pas sincère?
Mère, vous, etc.

Plus beau
Qu'aucun jouvenceau,
De tout le hameau
C'est le plus aimable.
Pour moi,
Plein d'un doux émoi,
Son unique loi
Est d'être agréable.
Mère, vous, etc.

Lucas
Partout suit mes pas ;
En tous temps, hélas !
Il sait, ô ma mère !
Saisir,
Au moindre soupir,
Mon plus prompt désir,
Et le satisfaire.
Mère, vous, etc.

Mondor
Lui donnait tout l'or
De son gros trésor
Et son héritière.....
Son cœur,
Loin de la grandeur,
Trouve le bonheur
Dans notre chaumière.

Mère, vous me dites souvent :
Sous la fleur la plus belle
Parfois se cache le serpent,
Et sa langue est cruelle.
Cruelle !.... Cependant,
Lucas m'a dit : Je t'aime ;
Je le crois, et moi-même
L'aime autant.

J. Richefeu.

AUX CENDRES DE NAPOLÉON

Air : Salut! trône d'airain.

REFRAIN.

Autour de son tombeau que l'air soit toujours pur!
Que son rêve soit doux, que son ciel soit d'azur !

Quels chants funèbres retentissent?
Quels chants éclatent sur ces bords?
De ces deux concerts qui s'unissent
L'écho prolonge les accords.
Tandis qu'une folle jeunesse,
Heureuse en fêtant son retour,
Fait entendre dans ce beau jour
Les cris d'une vive allégresse.

Autour de son tombeau que l'air soit toujours pur!
Que son rêve soit doux, que son ciel soit d'azur !

O toi, qui partageais sa gloire,
Bertrand ! son plus sincère ami ;
Ton nom, aux pages de l'Histoire,
Ne peut être inscrit à demi.
Reçois nos trop faibles hommages,
Car jusqu'à la nuit du passé

Tu sus te montrer empressé
A le garantir des naufrages.

Autour de son tombeau que l'air soit toujours pur !
Que son rêve soit doux, que son ciel soit d'azur!

Malheur à toi, race insensée,
Qui veux enchaîner l'Univers.
Tu croyais que notre pensée
Avait oublié nos revers.
N'approche pas du sanctuaire
Qui renferme un guerrier chéri,
Tes souffles impurs ont flétri
Jusqu'à sa couche mortuaire.

Autour de son tombeau que l'air soit toujours pur !
Que son rêve soit doux, que son ciel soit d'azur!

Hudson, contemple ta victime ;
Regarde ce front indompté !
Frémis à l'aspect de ton crime ;
Sur toi l'anathême est jeté.
Du fond du cercueil funéraire,
Ecoute ce cri déchirant....
C'est Napoléon expirant
Maudissant toute l'Angleterre.

Autour de son tombeau que l'air soit toujours pur!
Que son rêve soit doux, que son ciel soit d'azur!

Lorsque devant les Pyramides,
Le plus grand de tous les héros
Contemplait les chemins arides,
Il ne songeait pas au repos.
Son aspect seul faisait renaître
Parmi les moins vaillants soldats,
Cette ardeur qui dans les combats
Ne connut jamais d'autre maître.

Autour de son tombeau que l'air soit toujours pur!
Que son rêve soit doux, que son ciel soit d'azur!

O vous! qui versiez sur sa cendre
Des pleurs laisant croire aux regrets,
Ces larmes qu'on vous vit répandre
Ne peuvent laver vos forfaits.
Inclinez-vous donc vers la terre
Au souvenir de ses bontés,
Pensez à vos iniquités,
Vous, qu'il sortit de la poussière!!!

Autour de son tombeau que l'air soit toujours pur!
Que son rêve soit doux, que son ciel soit d'azur!

P. Jurquet.

VOUS GRATTEZ
OU ÇA ME DÉMANGE.

Air : J'nai pas l'honneur de vous connaître.

Quand, dans un ennuyeux festin,
Où l'on n'ose tourner la tête,
On me demande un seul refrain,
Il faut toujours que l'on répète.
Mais, dans l'endroit où je me plais,
Bien loin que cela me dérange,
Si l'on veut deux ou trois couplets,
Je réponds, en les tenant prêts :
Vous grattez où ça me démange (*bis*).

Je viens, dis-je hier à Lindor,
D'apprendre une triste nouvelle.
Notre ami, le riche Mondor,
Est mort d'une fièvre cruelle.
Il n'a pas laissé d'héritier....
Ah! dit Lindor, quel coup étrange!
Que je dois vous remercier!
Mondor était mon créancier.
Vous grattez où ça me démange (*bis*).

Un soir, le jeune et beau Colin,
Assis sur la molle fougère,
Caressait, en amant badin,
De Lisa la taille légère.
Colin, finissez vos ébats
Car mon beau fichu se dérange.
Cessa-t-il ? Je ne le sais pas,
Mais Lisa lui dît bien plus bas :
Vous grattez où ça me démange (*bis*).

Célina, d'un air ingénu,
Demandait au docteur Bardanne,
Si son époux, monsieur Cornu,
Serait long-temps à la tisane.
Non, lui dit l'adroit médecin,
A chaque instant son état change.
Dieu cruel !... Ah ! fatal destin....
Quoi ! je serai veuve demain....
Vous grattez où ça me démange.

Si, pour signaler sa valeur,
Il faut soudain prendre une lance ;
Pour voler au champ de l'honneur,
Le Français à l'instant s'élance.
L'ordre d'aller aux ennemis
Lui plaît bien mieux qu'une louange,
Car au devoir toujours soumis,
Il ne répond que par ces cris :
Vous grattez où ça me démange.

Quand les médecins me diront,
Qu'il ne faut plus chanter ni boire ;
Que les vieux ans m'avertiront
De m'apprêter pour l'onde noire.
Enfin, quand la mort me dira :
Excusez si je vous dérange!
Mais il vous faut passer par là :
Mon ame en partant répondra :
Vous grattez où ça me démange! (*bis*)

JONQUOY, *Invalide*.

LES REGRETS.

Air : Taisez-vous, je ne vous crois pas.

O toi, dont l'image chérie
Règnera toujours sur mon cœur,
Aimable et trop cruelle amie,
Entends le cri de ma douleur.
A genoux en vain je t'implore,
Je dois t'oublier ; mais hélas!
Mon amour me rappelle encore
Le souvenir de tes appas.
Et pourtant, et pourtant, tu ne m'aimais pas,
Non, non, non, non,
Et pourtant, et pourtant, tu ne maimais pas,
Non, non, non, tu ne m'aimais pas.

Rappelle-toi, ma Célestine,
Et tes serments et tes discours ;
J'entends encor ta voix divine
Me jurer de m'aimer toujours.
Bravant de la raison austère,
Et les terreurs et les combats ;
Partout l'amour et le mystère
Semblaient vers moi guider tes pas.
Et pourtant, etc.

Que de fois, sur mon humble couche,
Où tu daignas combler mes vœux,
Le *non* que prononçait ta bouche
Parut rétracté dans tes yeux !
Mes baisers, sur ta gorge nue,
Préludaient aux plus doux ébats ;
Alors, pudeur et retenue
Venaient se perdre dans mes bras....
Et pourtant, etc.

De bonheur, mon ame remplie,
Dût-elle croire à nul détour.
Hélas ! pourtant la perfidie
Devint le prix de mon amour.
Tu peux insulter à mes larmes,
Mais, bénissant jusqu'à tes lacs,

Ici je jure par tes charmes
De t'adorer jusqu'au trépas.
Et pourtant, et pourtant, tu ne m'aimes pas,
Non non non non,
Et pourtant, et pourtant, tu ne m'aimes pas,
Non non non, tu ne m'aimes pas.

J. Barré.

LE CABARET.

Air : Je n'sors jamais des cafés, des guinguettes.

Hélas ! pourquoi faire le bon apôtre,
N'avons-nous pas chacun notre défaut?
Moi j'ai le mien, et mon voisin à l'autre,
Oui, selon moi, c'est autant qu'il en faut,
De nos vertus ne parlons pas trop haut.
Joyeux enfants de l'aimable Folie,
Ecoutez bien, voilà tout mon secret : (*bis*)
Puisqu'il nous faut un vice dans la vie,
Suivez le mien : Je vais au cabaret.

Vous, magistrats, défenseurs de la France,
A votre avis vous discutez nos droits....
Au cabaret j'ai la même puissance ;
Sur vos discours je censure et je bois.
A ma façon je fais aussi des lois.

Ah ! sur l'impôt du jus de nos vendanges,
Un jour, messieurs, mettez un juste arrêt (*bis*)
Et tout buveur chantera vos louanges
En savourant le vin du cabaret.

Jeunes soldats, disciples de Bellonne,
J'admire en vous vos hauts-faits, vos lauriers.
Quand du combat sitôt que l'airain sonne,
Au champ d'honneur on vous voit des premiers,
De l'ancien temps imitant nos guerriers.
Mourez plutôt pour doubler votre gloire ;
Affrontez tous le bronze, le mousquet (*bis*).
Je serai là pour conter votre histoire,
Et la chanter dans chaque cabaret.

Quand, tous les mois, ma douce ménagère,
De la dépense établit le budget.
L'économie est sa base première,
C'est ving-cinq francs pour orner un bonnet,
Me proscrivant le Pommard, le Tokai.
Sur ces débats, quand le chagrin l'entraîne,
Elle soupire au fond d'un cabinet (*bis*).
En bon époux, pour partager sa peine,
Je vais pleurer au fond d'un cabaret.

Dès que pour moi viendra la dernière heure,
Toujours gaîment je ferai mes adieux.

Je ne veux pas de cet ami qui pleure,
Car mon convoi serait trop ennuyeux,
Ah ! que Momus daigne fermer mes yeux !
N'aspergez pas mon corps d'une eau bénite,
Mais à long flots versez le vin clairet (*bis*).
Et pour avoir souvent votre visite,
De mon tombeau formez un cabaret.

Victor Léger.

POURQUOI MOURIR?

Peut-être ailleurs serons-nous pis.

Air : Amis, faisons les polissons.

REFRAIN.

Amis restons, restons toujours
Au banquet de la vie,
Que la folie
Et les amours
Embellissent nos jours.

Loi plus vieille qu'Hérode :
Chacun meurt ici bas.
C'est une antique mode
Dont on doit être las.
Amis, restons, etc.

Demandions-nous à naître?
A goûter du destin?
Lors : Pourquoi disparaitre
Au milieu du festin?
Amis, restons, etc.

Restons! ces lieux immondes
Ont parfois quelques fleurs.
Qui sait si d'autres mondes
Seront pour nous meilleurs?
Amis, restons, etc.

Au Paradis on braille
De si tristes plains-chants,
Que trop fort on y baille
Pour s'amuser long-temps.
Amis, restons, etc.

L'Enfer, pour les orgies,
Offre ses lieux pimpans.
Mais, j'y vois les Furies,
Leurs fouets et leurs serpents....
Amis, restons, etc.

Pour les Champs-Élysées
Nos vœux sont superflus ;

Leurs routes malaisées
Veulent trop de vertus.
Amis, restons, etc.

Seule chose future :
C'est qu'après le trépas,
Nos corps en pouriture
Des vers font le repas.
Amis, restons, etc.

Vivant.... De la misère
Parfois nous nous sauvons.
Mais à trois pieds sous terre
A quoi sommes-nous bons?
Amis, restons, etc.

Aux doux chants d'une femme,
Au son des gais glouglous,
Narguons la faulx infâme
Qui prépare nos trous.
Amis, restons, restons toujours
Au banquet de la vie,
Que la folie
Et les amours
Embellissent nos jours.

J. Richefeu.

PETITE BONNE.

Air du vaudeville du Perruquier et le Coiffeur.

Petite bonne,
Leste et friponne,
Par tes soins mon sort s'embellit.
Ne crains personne,
Et viens, mignonne,
Partager ma table et mon lit (*bis*).

Quand tu t'offris pour être à mon service,
Je me suis dit, en voyant tes beaux yeux :
Petite bonne, ou rusée ou novice,
Saura bientôt commander en ces lieux.
Petite bonne, etc.

Viens, ne crains rien, jamais de l'hyménée
Je n'ai connu les fatigants liens ;
Et qui saura charmer ma destinée,
Peut, désormais, compter sur tous mes biens.
Petite bonne, etc.

Viens dans mes bras, seul objet que j'adore,
Et tu verras qu'auprès d'un doux vainqueur,
A soixante ans, parfois on peut encore
Répondre au feu qui brûle un jeune cœur.
Petite bonne, etc.

Ah! tu souris. Mais, vieux célibataire,
Je gagerais que ton regard malin
Laisse à penser qu'en voguant à Cythère
Je dois rester au milieu du chemin.
Petite bonne, etc.

Quoi! tu veux fuir. Je voudrais, ô traîtresse!
Plein de courroux, te donner ton congé.
Viens, et consens à devenir maîtresse,
En bon humain, je suis assez vengé.
Petite bonne, etc.

Tu m'as cédé; quel torrent de délices!
Vient enivrer ce cœur qui te chérit;
Tu m'as cédé, je suis à tes caprices;
Commande, ordonne, et ton maître obéit.
Petite bonne, etc.

Vieux favori de l'aveugle déesse,
Nul héritier ne s'attache à mes pas.
Sois-moi fidèle, et toute ma richesse,
Sera le prix de tes divins appas.
Petite bonne,
Leste et friponne,
Par tes soins mon sort s'embellit :
Ne crains personne,
Et viens, mignone,
Partager ma table et mon lit (*bis 3 fois*).

JONQUOY, *invalide*.

COUPLETS DE NOCE.

Air : Bourgeois de Paris, etc.

REFRAIN.

Dans cet heureux jour,
Fêtons tour à tour,
L'Hyménée et le dieu des vignes,
Ah! rendons-nous dignes
De fêter toujours
L'Hymen, Bacchus et les amours.

Deux chers enfants de buveurs gais et ronds
Ont dès ce jour entrelacé leur vie,
Pour témoigner que notre ame est ravie,
Coule bon vin au bruit de nos chansons!

Dans cet heureux jour, etc.

Pour célébrer ce jour, dès le matin
Ont retenti les clochettes légéres.
Oh! mes amis, que le choc de nos verres
Prolonge encor ce concert argentin.

Dans cet heureux jour, etc.

La mariée en voilant ses appas,
Au saint autel marchait toute tremblante;

Elle célait le feu d'une ame ardente,
Buvons, amis, c'était le premier pas.

Dans cet heureux jour, etc.

Grâces, talents, beauté, douce vertu,
Dans une dot sont un bien beau partage :
Pour célébrer un si bel héritage,
Nous viderons tous les bons vins du cru.

Dans cet heureux jour, etc.

Joyeux époux, lorsque tu vis venir
L'instant heureux qui te donne des chaînes,
Tu fus ravi.... Viens, nos coupes sont pleines,
Nous les vidons à ton bel avenir.

Dans cet heureux jour, etc.

Pour mettre comble à leur félicité,
L'heureux époux plus tard deviendra père.
Or, à l'enfant, à sa touchante mère,
D'avance, amis, portons une santé.

Dans cet heureux jour,
Fêtons tour à tour,
L'Hyménée et le dieu des vignes,
Et rendons-nous dignes
De fêter toujours
L'Hymen, Bacchus et les amours.

J. Richefeu.

LE PETIT POUCET.

Air : On dit que je suis sans malice.

En m'embrassant, hier, Lisette
Me demande une chansonnette,
Et vainement, dans mon cerveau,
Je cherchais un refrain nouveau.
Quoi donc chanter? dis-je à la belle.
Ce que je tiens, répondit-elle.
Puis, la friponne alors mettait
La main sur mon Petit-Poucet.

Quand aux amis de mon jeune âge,
Parfois je montrais quelqu'image,
Chacun des garçons admirait
Cendrillon, Peau-d'âne ou Riquet.
Ah ! disaient les petites filles,
Tes images sont bien gentilles !....
Pour que le bonheur soit parfait,
Fais-nous voir ton Petit-Poucet.

J'avais quinze printems, à peine,
Lorsque ma cousine germaine,
Un soir, en silence, m'apprit
Un certain jeu qui me surprit.
C'est à *cach'cache* qu'on l'appelle,
Puisque cinq ou si fois Estelle

Fourra dans un endroit discre
Mon superbe Petit-Poucet.

Lise, la veuve infortunée,
Pendant ses quinze ans d'hyménée,
Des amis et de son époux,
Reçut grands et petits joujoux.
A mon tour j'offris mon hommage.
Mais, voyez quel enfantillage !
En soupirant elle disait :
Grands Dieux ! quel beau Petit-Poucet.

Malgré l'ampleur de ma tendresse,
M'écriais-je à certaine ogresse,
Las ! je ne puis, faible mortel,
Calmer ton appétit charnel.
Ta bouche, ô ma chère Augustine !
Est superbe, mais j'imagine
Qu'à chaque bouchée il faudrait
Quadrupler mon Petit-Poucet.

Une fée, en bonne marraine,
Lui fit don, la chose est certaine,
Quand il ressent certain désir,
Au même instant de se grandir.
Si parfois ce désir sommeille,
Lisette, afin qu'il se réveille,
Tout doucement vient en secret
Dorloter mon Petit-Poucet.

J. Barré.

PEUR (mot donné).

Air : Pouvait-on mourir plus gaîment.

Je me démenais comme un diable
Qui tombe au fond d'un bénitier ;
Et cependant, chose incroyable,
Je ne pus faire un vers entier (*bis*).
J'avais perdu toute réserve,
En proie à la mauvaise humeur,
Quand tout à coup ma pauvre verve
Finit par accoucher de peur (*bis*).

La Peur est sœur de la Faiblesse,
Partage de tous les mortels :
Chez les Grecs elle était déesse,
A Rome elle avait des autels.
Par la peur le poltron respire,
Car Claude, imbécile et trompeur,
N'eut jamais obtenu l'empire
S'il ne se fût caché de peur.

La peur a son séjour dans l'ame
Du traître qui vend son pays.

Elle accompagne aussi la femme
Par qui les serments sont trahis
Mais le citoyen plein de zèle,
Aimant la patrie et l'honneur,
Est, comme une épouse fidèle,
Toujours sans reproche et sans peur (*bis*).

Bien souvent sous l'épais feuillage,
D'un tendron la peur suit les pas ;
Car on craint, de l'amant volage,
La suite des tendres ébats
Le soldat pris à la chaumière,
Quoique d'un brave ayant le cœur,
Quand vient la campagne première,
A toujours quelque accès de peur (*bis*).

La peur, à plus d'une cruelle,
A fait oublier les vertus.
La peur fait ouvrir l'escarcelle
Du sot favori de Plutus
La peur enleva de ce monde
Plus d'un tyran plein de vigueur ;
Enfin, sur la terre et sur l'onde,
Plus ou moins nous avons tous peur (*bis*).

JONQUOY, *invalide.*

A MON AMIE.

Air d'Asmodée (Festeau).

Astre léger, flamme vivante et pure,
Dont le rayon un jour doit luire au ciel,
Des vils mortels fuyons la race impure,
De ses péchés l'acte est pénitentiel.
Avec l'hymen, ô sylphide ingénue,
Fuyons, fuyons ce monde vagabond,
Comme le tien mon cœur est pudibond,
Oui, des vertus la route m'est connue.

Pour nous la Parque a doré ses fuseaux,
De notre vie unissons les réseaux.

Fuyons, fuyons ces brillantes soirées
Où Terpsichore ennoblit ses appas,
Où par l'amour tant de beautés parées
Dans la luxure ont trouvé le trépas.
Fuyons le cours de l'Océan rapide
Qui, sur ses flots, apporte les plaisirs,
Allons puiser de plus chastes loisirs
Au flux léger d'une source limpide.

Pour nous la Parque a doré ses fuseaux.
De notre vie unissons les réseaux.

Fuyons, fuyons cette horrible phalange
Où le vautour de l'aiglon prend le nid ;
Où le démon prend les ailes de l'ange
Pour s'élever au delà du zénith.
Fuyons la gloire et son éclat frivole,
Éclat souvent qui souille le cœur pur,
Puisque toujours sous un ciel teint d'azur
Le talent rampe et l'ignorance vole.

Pour nous la Parque a doré ses fuseaux,
De notre vie unissons les réseaux.

Fuyons, fuyons le tourment des abîmes
Des regions où règne Lucifer ;
Où ces mortels vont expier leurs crimes
Aux feux ardents qu'alimente l'enfer.
Gagnons du ciel les portiques splendides.
Oui, des vertus, mourons au saint autel,
Car tu le sais, dans son temple immortel,
Dieu ne reçoit que les ames candides.

Pour nous la Parque a doré ses fuseaux,
De notre vie unissons les réseaux.

J. B. Aubin.

A UNE INFIDÈLE.

Air : Que ne suis-je encore trompé. (Sailer).

Ton faible cœur, ô ma Zélie!
Avait juré d'aimer toujours.
Mais ton ame s'est amollie
Aux premiers feux de nos amours.
Hélas vainement je t'implore
Et tu souris de ma douleur,
Toi qui me fuis, toi que j'adore !
Où veux-tu chercher le bonheur !

Toi que j'aimais, comme l'on aime,
Une fois seule en son printemps :
Appaise ta rigueur extrême
Et rappelle toi nos serments.
Eteints ce feu qui me dévore
Et me consume avec lenteur !
Toi qui me fuis, toi que j'adore!
Où veux-tu chercher le bonheur!

Viens donc, oh ! ma belle maîtresse !
Perdre tes soupçons dans mes bras ;
Viens t'assurer de ma tendresse,
Et du pouvoir de tes appas.

Sur les plaisirs de mon aurore...
J'y revois toujours ton erreur :
Toi qui me fuis, toi que j'adore!
Où veux-tu chercher le bonheur!

Doux comme le regard d'une ombre,
Tous mes songes viennent de toi.
Quand je dors, tu veilles dans l'ombre;
Tes aîles reposent sur moi.
Et tu m'apparais telle encore
Qu'au jour où je reçus ton cœur.
Toi qui me fuis, toi que j'adore!
Où veux-tu chercher le bonheur!

Dans le désert, dans le nuage,
C'est toi que j'entends, que je vois.
L'onde reflète ton image,
Le zéphir m'apporte ta voix...
Mon reste d'ame sévapore
A ce rayon consolateur!
Toi qui me fuis, toi que jadore!
Ou veux-tu chercher le bonheur!

P. JURQUET.

VERS

PRONONCÉS PAR M. JURQUET, SUR LA TOMBE DE NOTRE AMI BUJARD.

Celui dont le nom seul fait battre notre cœur ;
Au sentiment aimable, à l'ame noble et fière ;
Qu'on trouvait au plaisir, au devoir, à l'honneur,
Est là, gisant dans cette bière.
Reçois ami Bujard nos trop cruels adieux...
Notre amitié pour toi fut toujours bien sincère!
Va ! Bientôt cette mort qui t'enlève à la terre
Nous réunira dans les cieux ! ! !

J. Richefeu.

FIN.

TABLE

—

ARISTIDE.

Le Caprice, page 55

AUBIN (J-B.).

Au Progrès, 106
A mon amie, 111
A mon amie. 136

BARRÉ (J.).

Balayez-moi çà, 34
Le Sac à la malice, 65
L'Allumette, 108
Le Petit Poucet, 132

BIGUENET (JULES).

Les Adieux à la nature, 92
Unissons-nous, 100

BOUZON.

La Fleur de la vigne, 51
L'Union, 84

JONQUOY, *invalide.*

L'Union,	70
L'œillet,	79
Le Célibataire,	81
Le Bureau,	96
Il fait si froid,	103
Romance,	110
Petite bonne	128
Peur (mot donné)	134

JURQUET (P.).

Aux Amis de la Sagesse,	8
Le Petit-Fils du père l'Encrier,	12
Les Louanges du Petit Pot,	16
Le Jour des Rois,	21
Apertus potator,	25
La Sagesse,	26
Envoi,	31
Fatale méprise,	33
La Jeune mariée,	39
Réponse du jeune marié à son épouse,	41
La Faim,	59
Madelon,	74
Le Garçon indifférent,	89
Plainte d'un amant trahi,	98
Logogriphe,	112
Aux cendres de Napoléon,	116
A une infidèle,	138

LÉGER (VICTOR).

Finissez,	85
Le cabaret	123

Renaudin.

Remerciement des Amis de la Sagesse aux Amis du Petit Pot, 56

Richefeu (J).

Résignation, 5
La Dot, 10
La Chandelle, 11
La Jeune mariée 15
La Fève, 19
Un nouveau Grégoire, 23
Conseils, 28
Le Chicard, 29
Un dernier orgueil, 32
Provence, 37
Gasconnade, 38
Contrefaçon, 43
Enigme, 46
Les Bienfaits du Petit Pot, 47
Quel homme! 52
Les Vendangeurs, (aux sociétaires) 57
Les Enfans de l'Ermitage (avec Jurquet), 61
Le Troubadour, 67
Ah! traître t'y voilà, 72
Le Mémoire, 73
La Mort, 77
Charade, 80
Rentrée des cendres de Napoléon, 87

Le Jaloux, 88
Voulez-vous du tabac ? 93
Logogriphe, 95
La Rose et ma Rosine, 102
Glycère, 113
Pourquoi mourir ? 125
Couplets de noce 130
Vers prononcés par monsieur Jurquet sur la tombe de nôtre ami Bujard 140

Mots des CHARADES, ÉNIGMES et LOGOGRIPHES contenus dans ce volume.

Page 46, le mot de l'enigme est FÉVRIER.

Page 80, le mot de la charade est PASSAGE.

Page 95, le mot du logogriphe est CAVEAU dans lequel on trouve CAVE et VEAU.

Page 112, le mot du logogriphe est LIVRE.

www.ingramcontent.com/pod-product-compliance
Ingram Content Group UK Ltd.
Pitfield, Milton Keynes, MK11 3LW, UK
UKHW020339230726
13925UKWH00003B/881